中华先锋人物
故事汇

都贵玛

28个孤儿的草原额吉

DUGUIMA
28 GE GU'ER DE CAOYUAN EJI

毛芦芦 著

图书在版编目（CIP）数据

都贵玛：28个孤儿的草原额吉／毛芦芦著．—南宁：接力出版社；北京：党建读物出版社，2022.12

（中华人物故事汇．中华先锋人物故事汇）

ISBN 978-7-5448-7897-5

Ⅰ.①都… Ⅱ.①毛… Ⅲ.①传记小说－中国－当代 Ⅳ.①I247.5

中国版本图书馆CIP数据核字(2022)第166252号

都贵玛——28个孤儿的草原额吉

毛芦芦 著

责任编辑：楚亚男 张晓辉
责任校对：杨 艳 阮 萍
装帧设计：严 冬 美术编辑：高春雷
出版发行：党建读物出版社 接力出版社
地　　址：北京市西城区西长安街80号东楼（邮编：100815）
　　　　　广西南宁市园湖南路9号（邮编：530022）
网　　址：http://www.djcb71.com　http://www.jielibj.com
电　　话：010-65547970/7621
经　　销：新华书店
印　　刷：北京科信印刷有限公司
2022年12月第1版　2022年12月第1次印刷
787毫米×1092毫米 32开本　5印张　75千字
印数：00 001—10 000册　定价：25.00元

本社版图书如有印装错误，我社负责调换（电话：010-65547970/7621）

目录

写给小读者的话 ……………… 1

小羊的额吉 ………………… 1

国家是最好的额吉 …………… 9

报名去做保育员 ……………… 15

第一次见到"国家的孩子" …… 23

用不同的衣服来分辨孩子 …… 31

最温暖的"语言" …………… 39

给孩子们取名 ………………… 49

不能入眠的夜晚 ……………… 57

最小的孩子,最早的别离 …… 65

亲近小羊，回到草原之家 ⋯⋯⋯ 75

"圆心"额吉 ⋯⋯⋯⋯⋯⋯⋯ 83

风雪夜送医路 ⋯⋯⋯⋯⋯⋯ 91

骨肉分离之痛 ⋯⋯⋯⋯⋯⋯ 99

送出去又接回来的孩子 ⋯⋯⋯ 107

参加医术学习班 ⋯⋯⋯⋯⋯ 115

"国家的孩子"回来了 ⋯⋯⋯⋯ 125

终于来到了北京天安门 ⋯⋯⋯ 131

给草原额吉的故事画幅画 ⋯⋯⋯ 139

写给小读者的话

十九岁,当女孩子们多半还依偎在母亲身边被悉心呵护时,都贵玛却响应国家号召,成了二十八个孤儿的"母亲"。

二十世纪五十年代末,我国处于三年困难时期。六十年代初,国家发起"三千孤儿入内蒙"行动。草原人民把这些南方的孤儿称作"国家的孩子",他们用坚定信念和民族大爱实现了"接一个,活一个,壮一个"的誓言。

未曾恋爱,更没有结婚的十九岁青春少女都贵玛,毅然报名做了内蒙古乌兰察布盟四子王旗保育院的保育员,辛勤哺育着二十八个孩子。等孩子们适应了内蒙古的气候和饮食习惯后,都贵玛把孩子们接到了她的老家——四子王旗脑木更苏木①保育院，做起了这些孩子的"额吉"（妈妈），直到他们陆续被牧民家庭领养。二十八个孩子，二十八次骨肉分离的痛楚，在这个青春少女心里烙下了深深的印记。这一生，这二十八个孩子，都是草原额吉都贵玛的思念与牵挂之源。她抱着小羊，会想起她那二十八个孩子；她看见别的草原孩子，会想起她那二十八个孩子；她低头看见草原上的花开，会想起她那二十八个孩子；她抬头仰望天空中的白云，也会想起她那二十八个孩子……

二十世纪七十年代初，都贵玛结束保育员的工作后，回到草原继续放牧。由于草原上地广人稀、缺医少药，看到很多牧区妇女遭受分娩、难产的痛苦，一九七四年，刚成为一名共产党员的都贵玛，报名参加旗医院组织的产科培训，跟随妇产科医生学习接生技巧及产科医学知识，成了内蒙古杜尔伯特草原上有名的妇产科医生。她用自己的双手，先后挽救了四十多位难产的母亲，为草原迎来了一大

---

① 相当于行政区划县。

批新生命。她成了草原姐妹们的保护神,成了更多草原孩子的额吉,也成了令杜尔伯特草原牧民们骄傲的"草原额吉""人民楷模"和"最美奋斗者"。

就这样,普普通通的牧女都贵玛,用自己的汗水,用自己的热血,用自己的青春,更用自己的大善和大爱,在辽阔的草原大地上,写下了草原额吉的伟大传奇故事。

小羊的额吉

天苍苍，野茫茫，风吹草低见牛羊。

一阵风儿吹过内蒙古乌兰察布盟四子王旗杜尔伯特草原，在挨挨挤挤的狗尾巴草、野豌豆、羊茅草、黑麦草之间，露出了一群绵羊和一个八岁小女孩的脸庞。

女孩叫都贵玛，脸形宽宽的，但很瘦，显得两只眼睛特别大、特别圆。

小都贵玛看着身边的羊群，乌溜溜的大眼睛里露出了一抹焦灼之色。原来，有只小羊的后腿受伤了，吃草时，它拖着后腿，踉踉跄跄的，总是落在别的羊儿后面，吃的都是别的羊儿啃过的草，好可怜。

都贵玛不由自主地朝那只小羊跑去，一把将它抱了起来，紧紧贴在怀里，还用自己的脸颊轻轻摩挲着小羊的脸颊，心疼地说："小可爱，都怪你妈妈没有照顾好你，让你的腿被滚落的石头砸到了！来，我抱你去草儿最好的地方吃吧！"

都贵玛说着，提着羊鞭，抱着小羊，迈开大步，越过羊群，朝牧草深处跑去。

小羊有三个月大，体重已经不轻了。都贵玛气喘吁吁地抱着它，一会儿，额头上就渗出了汗珠。她身上那件破旧的蒙古袍，拖在草地上，发出唰啦唰啦的声响，惹得好多羊儿都抬起头来，竖起耳朵，静静地看着都贵玛。其中有只母羊还咩咩叫着，冲都贵玛追了过来。

"哎呀，这会儿你知道心疼自己的孩子啦？刚才你怎么不帮帮它？我看，你不是它的好额吉！我才是它的好额吉！你走远点，不要跟你的孩子抢草吃！"都贵玛一边呵斥母羊，一边把小羊抱得更远了。

一片紫花苜蓿出现在眼前，花儿紫莹莹的，叶子翠生生的，衬托着碧澄澄的蓝天，美得像幅画。

都贵玛抱着小羊,欢天喜地地闯进了那幅画中,轻轻放下小羊,用手摸了摸它的脊背,说:"吃吧,这片苜蓿地这么好,你快快吃,多多吃,好好吃!"

小羊仰头冲都贵玛长叫了几声,好像在说:"谢谢你!你虽然这么小,却真像我的好额吉呢!"

"小宝贝,你才断奶不久,快吃草吧!要多多吃草,才能长得壮实哟!"都贵玛低头亲了亲小羊的额头,把小羊轻轻推进一丛鲜嫩的苜蓿中,小羊立马开始吃起草来。

阳光很好,风中传送着小羊吃草的唰唰声,像首轻缓的民谣。听着这首民谣,都贵玛放声歌唱起来。

都贵玛的歌声清亮有力,唱出了这个小女孩内心的力量和志气。

都贵玛的歌声,飘荡在苜蓿草上,像清泉浇灌着草原。

这个小女孩,一边唱歌,一边还采着一朵朵苜蓿花。她把长长的草茎编成一个草环,往脑袋上先套了套,确定了它的宽松度。然后,一朵一朵往那草环上插着紫花苜蓿。很快，一个紫莹莹的花环便编成了。都贵玛把花环戴在自己头上。

呀！本来黑黑瘦瘦的她，衣衫破旧，像只受伤的小羊。可此刻，因为放声歌唱，因为头戴花环，小小的都贵玛，立刻变成了草原小公主！

连绵起伏的苜蓿花丛簇拥着她，远处摇曳的狗尾巴草、高高的羊茅草在风中可爱地摇头晃脑，像是在给这位放牧的小公主鞠躬。

"咩咩……"就连三个月大的小羊，也发现了她的美，朝她开心地叫着。

"呀，小可爱，你也想要个花环？我马上就给你编！"都贵玛跟小羊说着，立马动手采了一把紫花苜蓿，为小羊也编了个花环。她先把花环戴在小羊头上，可是，小羊一低头吃草，那花环就掉了。调皮的都贵玛，就把花环戴在小羊的脖子上，这下，雪白的小羊就像围了一条紫花围脖，显得特别可爱，它自己对脖子上的这新鲜玩意儿很好奇，竟然忘了吃草，只顾低头瞧着自己的脖子发呆……

都贵玛看着眼前的一切，笑了，歌儿也唱得更响亮了。

北山上呼啸的是白斑猛虎，建设人类文明的是英雄的蒙古。南山上呼啸的是黄斑猛虎，创造人类幸福的是英雄的蒙古……

这首蒙古族的英雄赞歌，都贵玛是跟姨爹学的。都贵玛是一个可怜的孤儿。在她四岁时父亲就去世了，七岁时，也就是去年，母亲也去世了。幸好，有姨妈姨爹收留抚养了年幼的都贵玛。

想起自己早早过世的父母，都贵玛常常会泪流满面。可这一刻，和心爱的小羊在一起，站在嫩绿的牧草之间，自由自在地唱着英雄赞歌，都贵玛感觉自己心中有一股力量在慢慢升腾。

她笑着对受伤的小羊说："放心，我一定会好好保护你的。我要做你的好额吉！"

"咩咩……"小羊一边扭动着脖子上的花环，一边回头望着它的都贵玛小额吉，又发出了娇娇的叫声。

就在这时，天空中突然出现了一团黑影。黑影在快速移动。呀！黑影竟然俯冲下来，朝受伤的小羊扑来。

不好，大老鹰来啦！都贵玛心一惊，忙冲小羊跑去。她嘴里则厉声喝道："走开，大老鹰！走开，你这个坏蛋！强盗！"

一定是见她还是个瘦弱的小女孩，老鹰竟然没有害怕，还在继续往下扑。

都贵玛像疯了似的奔向小羊。

不好，她被蒙古袍绊了一下，摔倒了。

"小羊，快过来！"她在草地上打着滚儿，一边滚向小羊，一边冲它大叫。

小羊本来懵懵懂懂的，一副手足无措的样子，被吓晕了，听都贵玛这么一叫，它惊醒了，忙向都贵玛跑来。

都贵玛躺在地上，伸手一接，把小羊紧紧抱在怀里。

老鹰此刻也俯冲下来，它扑向小羊却扑了个空，竟然两只爪子一收，翅膀呼扇着朝都贵玛劈来。都贵玛赶紧把小羊藏在自己的蒙古袍里，背对着老鹰，勇敢地喊道："坏蛋大老鹰，你想要抓小羊，除非先把我抓走！"老鹰在低空盘旋着，对都贵玛和小羊虎视眈眈。都贵玛终于抓到了自己的羊鞭。她护着小羊，猛一转身，把羊鞭狠狠甩向空中，甩出一连串啪啪的鞭哨，嘴里还大喊着："嗷嘘！嗷嘘！快走开，你这大坏蛋！"

老鹰没想到草丛中这个瘦弱的小女孩会有这么大的力量和勇气，它迟疑着在低空盘旋了一会儿，终于不甘心地嘶叫着，翅膀往上一抬，飞走了。这时的都贵玛抱着小羊仍然瑟瑟发抖。但是，看着飞远的老鹰，都贵玛笑了，笑得那么自豪，就像草原上那朵最美的苜蓿花！

国家是最好的额吉

"都贵玛,好好上学,别辜负了政府对你的关心!"一九五一年,都贵玛要去四子王旗红格尔小学上学了。姨妈将她送出蒙古包,郑重地叮嘱她:"你去上学,可是政府免费的,你多幸福啊!你不仅有我和姨爹,还有国家这个最好的额吉!"

九岁的都贵玛听了姨妈的话,很认真地点点头,又有点费解地抬起头,睁着清澈的大眼睛,看着姨妈糙红糙红的脸庞,天真地问:"姨妈,国家是谁?这个最好的额吉,我怎么从来没有见过?"

"哈哈,国家就是我们中国呀!咱们内蒙古自治区就是她的一部分,她时时刻刻关心着我们草原人民,保卫着我们的安全。现在又这么关心你,催你去读书，教你去认字，希望你以后做个有文化的女娃娃，这可是我小时候想也不敢想的事。你说，国家是不是咱们最好的额吉？"

"嗯，是的！谢谢国家好额吉，我一定会好好上学的！"都贵玛说着，跨上姨爹的勒勒车，冲姨妈挥挥手，冲姨妈的蒙古包挥挥手，也冲羊栏里的小羊、羊妈妈们挥挥手，启程去学校了。

他们住在脑木更苏木，学校却在南边的红格尔苏木，路很远，好在有姨爹送她。

一头黄牛拉着勒勒车，在草原上缓缓地行驶着。

风吹草动，一朵朵野花像七彩的星星在草丛中闪动，粉红的石竹花，紫莹莹的胡麻花，黄灿灿的金露梅……它们一大把一大把地撒在路边，跟着勒勒车，笑盈盈地把都贵玛一直送进了红格尔苏木蒙古族小学。

以前，跟着姨爹放牧，都贵玛的朋友基本上是大绵羊和小羊。

现在不一样了，学校里有老师有同学有校工，有课本有音乐有游戏，更有欢乐有友谊有梦想，都贵玛这个失去父母的苦孩子，来到学校，就像一条小鱼游进了一个大湖。

学校是用蒙古语上课的，都贵玛还在学校里学会了唱国歌，学会了升旗，了解到除了他们家乡，中国的幅员有多么辽阔，知道了北京天安门，知道了黄河、长江和长城。

一天，放学后，都贵玛依然在本子上认认真真地写着什么。老师走过来问她："都贵玛，你在写作业吗？"

"不是……"都贵玛脸红了，还用手挡住了她的本子。老师笑眯眯地推开她的小手，看着她的本子，说："都贵玛，你原来在画画呀？这画的……"老师端详着她的画，有点疑惑地问，"你画的天安门真不错，天安门前有两条大河，后面还有城墙，这跟真正的天安门稍微有点不一样啊！"

"天安门前的河，一条是黄河，一条是长江。天安门后的城墙，是长城……"都贵玛有些害羞地跟老师解释道。

"哇，都贵玛，你想得真周到，把长城、长江、黄河都跟天安门连在了一起！有创意！对了，长大后，你可一定要去北京天安门看看呀！"

"嗯！老师，我一定想办法去！我要去北京看看国家额吉的模样！"都贵玛认真地点点头，大大的眼睛里闪烁着两团火热的光。

"老师支持你！"老师说着，伸出大大的手掌，与都贵玛郑重地握了下手。

第二天上课，老师把都贵玛的画展示给同学们看，要同学们说说长大后的理想。

"我要多多地养羊！""我要当草原好骑手！""我要给爸妈买个最结实、最漂亮的蒙古包！""我要……"同学们纷纷发言。轮到都贵玛了，她说："我要努力学习，努力成长和生活，长大了要去北京天安门，看看国家额吉的模样！"

"北京天安门离我们也太遥远了吧？""哈哈，你要去北京天安门看国家额吉的模样？国家怎么是额吉呀？""是啊，谁见过国家额吉的样子啊？嘻嘻！""都贵玛你没有发烧吧？"

都贵玛的话，引发了同学们的热烈讨论。大家七嘴八舌地围着都贵玛说开了。有人嘲笑她的理想，有人则善意地询问她是不是病了，就是没人理解她。都贵玛难过地低下了头。

"我觉得都贵玛说得很好，很对！我非常支持都贵玛！"这时老师敲了敲黑板，笑着冲都贵玛点点头，说，"把国家说成额吉，其实是个比喻。就是把咱们的祖国比作母亲啊！我们自己的母亲生了我们，养育了我们！而祖国母亲给了我们美好的新生活啊！你们想想看，要不是成立了新中国，咱们这么多贫苦牧民的儿女，能有学上吗？能背上梦寐以求的新书包吗？"

老师这么一说，很多孩子都不由自主地点点头："是的，老师！我懂了！""是的，老师，我理解都贵玛了。""老师，我长大了也要去北京天安门看看国家额吉的模样！"

"其实，我们每个人都是国家额吉的孩子。我们的样子，也代表着咱们国家的样子，每个人都要做好自己！如果每个人都努力学习，好好工作和生活，那么，咱们的国家额吉，也会是蓬勃向上、生机无限的。所以，我们每个人都要加油啊！不管你们长大后做什么，一定要记住，你们是国家额吉的一分子，不能给国家额吉丢脸啊！你们长大了，无论是当普通牧民，还是当老师、当兵，或者做其他工作，可都要记住老师今天的话呀！"

"谢谢老师！老师说得真好！我记住了！无论我长大后成为一个什么样的人，我都要做一个国家额吉的好女儿，不给国家额吉丢脸！因为我们每个人的样子，也是国家额吉的样子！"都贵玛听了老师的话，激动地站了起来，朗声说道。

所有同学都起立为她鼓掌。同学们纷纷表示，他们也一定要做国家额吉的好儿女。

就连窗外的格桑花、野草莓花、蒲公英花，也在风中悠悠摇摆着身子，像在为都贵玛鼓掌。天空中的云雀、麻雀、画眉，在阳光下叫成了一片。难道它们也在学习，也在纷纷抢着发言，要争做国家额吉的好孩子吗？

那咱们就来比一比，赛一赛，看谁做得更好！都贵玛听着同学们的发言，听着风吹过花草的簌簌声，听着窗外一阵阵的鸟鸣声，不禁在心里暗暗地想。

报名去做保育员

一九五六年,都贵玛从红格尔苏木蒙古族小学毕业了。十四岁的她,成了草原上的一个小牧民。

虽然是个小牧民,但她干活儿可认真、可卖力呢!冬天接生小羊的时候,她总是整夜整夜地守在羊栏里。本地绵羊,一般一年只在初春季节产一只小羊,所以,小羊的接生工作非常重要。

都贵玛几乎打懂事起,每年初春,都要一边听着寒风的怒吼,一边静静地陪着母羊们产羊羔。有些母羊生产时会比较焦躁,但只要都贵玛用手轻轻地抚摸它们,母羊们就安静下来了。都贵玛身上这种天然的母爱气质,使得羊儿们也喜欢她。

有时也会遇到母羊难产的情况,每逢此时都贵玛总会帮忙安抚母羊，用她的小手帮它们顺利生下小羊。

都贵玛的那双巧手，可是远近闻名的。她曾帮助了多少母羊和小羊啊！

草原上每年到了春末夏初的时候，就得给绵羊们剪羊毛。因为天气马上热了，绵羊们得把厚厚的冬衣换下来。不然，到了夏天，它们还穿着厚厚的"羊皮袄"，就会热死的。一般草原家庭都有三五百只羊，每人每天最多能给十只绵羊剪羊毛。算下来，那个年代剪羊毛的工作任务极其繁重。所以，牧民们会邀请很多亲朋好友一起来剪羊毛。大家集中在一起，帮东家剪完了，再换西家，一家家轮流着来。这时节的都贵玛，就成了大家争抢的对象，因为她不仅剪得快，还不怕累、不怕脏，小小年纪，总在闷声不响地干活儿。

"都贵玛，那可是我们的生产小能手，大家都喜欢她！"提起都贵玛，牧民们全都赞不绝口。

"要是我也有这样一个女儿，我就享福喽！你姨妈有你这样的外甥女帮忙，真是好福气呀！"有人羡慕都贵玛的姨妈得了一个好劳力。

"小小年纪,别的小姑娘还很贪玩呢,都贵玛却这么懂事,这孩子太好啦!"有些人把自己的女儿跟都贵玛比,只能自叹不如。

除了剪羊毛,夏天还得给羊儿打虫。牧民们看见小羊不长膘,就说得给羊儿打打虫了。打虫要拿着药给羊儿们一只只喂过去,尤其是小羊,得扶着它们的脖子给它们灌药,这也是一桩很繁重的工作。除了给羊儿打虫,牧民还得给羊儿打泻火药,一个人拉着羊儿,一个人给羊儿打针,一个人为打过针的羊儿做记号。这工作更是繁重。可无论是给羊儿灌药,还是给羊儿打针,都贵玛的手法都特别娴熟。羊儿们也都喜欢都贵玛帮它们灌药、打针。

"都贵玛呀,难道你的手有魔法吗?"看羊儿们在她手下那么乖,连姨爹也对都贵玛的那双巧手感到惊讶。

"不是她手上有魔法,而是她心里装着对羊儿们很多很多的爱!她那么拼命干活儿,也是因为她爱我们,她希望自己多干点,我们就能少干点,轻松点。"还是姨妈最懂都贵玛。

不知不觉,五年过去了,在繁重的放牧、剪

毛、挤奶、割草、打药的生产过程中，都贵玛已经长成了一个亭亭玉立的大姑娘。

十九岁的都贵玛，青春像花儿一样盛开在她美丽的脸庞上，盛开在她的大眼睛里。

可是都贵玛跟别的姑娘不大一样。别的姑娘往往很爱穿新衣，很爱打扮自己。而都贵玛总是在埋头干活儿，她的心思都放在了生产劳动上。

一天，有个消息像蝴蝶一般，在内蒙古四子王旗杜尔伯特草原上飞舞传开。

"听说上海、江苏、安徽等地灾荒频繁，育婴堂的米粮眼看就要见底，政府收养的几千个孩子面临饥饿。党中央高度重视，周恩来总理和我们乌兰夫主席商议，决定送三千个孤儿到咱们内蒙古大草原上来！四子王旗那边已经成立了保育院，现在正在招保育员呢！"这天，姨爹放牧回家，急忙跟姨妈说道，"你说，那些孤儿来我们内蒙古大草原能适应吗？"

"孩子小，只要好好养他们，爱他们，怎么不能适应？一定能！"都贵玛听到姨爹的话，连忙插话道，"您说四子王旗那边在招保育员？"

"是啊！要有点文化基础的年轻妇女。这样的人，在我们草原上可不太多！"姨妈叹息，"那些孩子没爹没妈的，大老远到我们这里来，也真可怜！招保育员，我看第一是要心眼儿好，第二要有点文化，第三还要不怕苦、不怕累，全心全意爱着那些孩子，这样孩子们才不会吃苦。"

"是呀，是呀，这样的年轻女人，不好找呀！"姨爹感叹。

"怎么不好找，我就算一个！我要去四子王旗当保育员！"都贵玛坚定地冲姨爹姨妈说道。

"傻孩子，你也不会说汉语，可怎么跟那些孩子打交道啊！我看你在牧场上干干就很好！""是啊，你怎么行！你就在牧场上安心干活儿吧！"姨爹姨妈一起阻拦她。

"你走了，我们俩可要吃苦啦！"姨爹摆出貌似更充分的理由，一心想把她留下来。

"不！咱们吃苦是小事，好好养育那三千个孤儿可是大事呀！我走了，我要去四子王旗看看！"话音刚落，都贵玛已经走出蒙古包，骑上马，飞快地往一百五六十里外的四子王旗冲去。

报名去做保育员

当她气喘吁吁赶到四子王旗保育院时，已经是第二天的傍晚了。

面对这个梳着大辫子的漂亮女孩，主任问她："你叫什么名字？"

"都贵玛。"漂亮姑娘大声回答。

"你几岁了？"主任又问。

"我十九岁啦！"都贵玛小声回答。

"结婚了吗？"主任再问。

"没有……"都贵玛更小声地回答。

"不行，你太小啦，又没结婚，没有养过自己的孩子，你不能当保育员。"主任干脆地拒绝道。

"可是我上过学，养过羊，养过很多小羊。小羊和娃娃不是很像的吗？我可以把这些孤儿照顾好的，因为我自己从小也是孤儿，我知道孤儿的苦，我会像对待自己的娃娃一样对待他们的！"都贵玛坚定地说。

"你上过学？你也是孤儿？"主任问。

"是的，我上过小学，我是姨妈带大的，我姨妈对我很好，国家额吉也对我很好，让我去上了小学，所以我也会像我姨妈一样，对这些孤儿很好的！"都贵玛激动地说。

"好吧，你被录取了！记住，这些孩子都是国家交给我们养育的孩子，是国家的孩子，你一定要尽心尽力把他们照顾好，要'接一个，活一个，壮一个'！"主任答应了，又严肃地嘱咐她。

"主任，请放心，我会像爱护自己的眼珠子一样去爱护这些孩子的！我一定会把这些孩子都养得壮壮的！"都贵玛郑重地保证。

就这样，都贵玛成了二十八个孤儿的保育员。

那是在二十世纪五十年代末六十年代初，国家经历了三年困难时期。正如都贵玛姨爹说的那样，上海、江苏、浙江、安徽等地灾荒频繁，很多老百姓生活困难，本来负担就重的孤儿院更是雪上加霜。一九六〇年，江南一带有三千孤儿面临断粮危险。时任全国妇联主席的康克清把情况向周恩来总理做了汇报。周总理连忙和自己的老朋友、内蒙古自治区主席乌兰夫商议，希望内蒙古方面向这些孤儿提供一些奶制品。

"还是让这些孩子到草原上来吧，我们更方便照顾！"乌兰夫主席和内蒙古自治区的主要领导开会后决定，派人派车去南方把三千名孤儿接到内蒙古交给牧民们抚养。其中二十八个上海孤儿被分配到乌兰察布盟四子王旗。

当时，四子王旗的牧区读过书的人很少。当四子王旗保育院招收保育员的时候，很多前去应聘的妇女都因为不识字而被婉拒了。而都贵玛，因为有文化，又是孤儿，更有一双粗糙且结满老茧的双手，她被录取了。这个未婚少女，草原上的生产能手，就这样，成了二十八个孤儿的保育员。

第一次见到"国家的孩子"

都贵玛永远不会忘记她第一次见到那二十八个孩子的情景。

当时,她跟车去乌兰察布盟火车站接孩子。

当二十八个孩子一个接一个走下火车的时候,她眼里有惊讶,有欢喜,还有害怕和担忧。因为最小的孩子还不满周岁,最大的也不过六岁呀!有的孩子干瘦如柴、弱不禁风;有的孩子脸上糊满鼻涕,像唱戏的小花脸;有的孩子眼泪汪汪,哭得可怜巴巴;有的孩子顽皮得像猴子,前后左右的孩子都要惹一惹,动一动,不是扯别人的衣服,就是拉别人的小辫子;有的孩子则非常胆怯,躲在别的孩子身后,连目光都是躲躲闪闪的……

更让人苦恼的是，这二十八个年龄不一、性格各异的孩子挤在一起，叽叽喳喳说着话，都贵玛却一句也听不懂。有的孩子说普通话，有的孩子说上海话，有的孩子说杭州话、宁波话……总之，不管这些孩子说的是什么话，对都贵玛来说，都是"外国话"。虽然这些孩子和来内蒙古的其他孤儿一起，被叫作"国家的孩子"，可是，都贵玛却根本不懂这些孩子在说什么。

当然，最小的几个孩子，还不会说话呢！

都贵玛面对这些孩子，心里直打鼓——就是小羊，一下子要带这么多，也不容易啊，何况是孩子！而且还是必须"接一个，活一个，壮一个"的"国家的孩子"，这可如何是好？

都贵玛紧张得不断后退着。这天，她还特意穿上了最喜欢的蓝色蒙古袍，头上包着杏黄色的头巾。而此时，蒙古袍在风中簌簌抖动着，头巾也在风中轻轻地飘舞，就像她那颗战栗的心。

她不断在心里说：哎呀，这么多孩子！这么多奇怪的孩子，哭的哭，闹的闹，笑的笑，叫的叫，我就像一下子掉进了狼窝里，只怕以后会被他们撕碎，我不干了，我不干了……

毕竟，她还是个未婚姑娘，一下子要让她面对那么多孩子，她内心怎能不胆怯？

等她退到主任身边，主任扶住了她，看她浑身都在发抖，便问："害怕啦？想要逃跑？"

"这……这……"她想说"是的"，可又一想，难道就这么轻易认输了？面对困难，在第一时间认输，这可不是她的性格。于是，她把身子一挺，沉了下气说："我是有点害怕！但我决不会认输的！更不会逃跑！"

说着，她攥了攥拳头，给自己鼓了鼓劲，快步朝那些孩子走去。

马上，她的目光就被一个随行女医生抱着的孩子吸引住了。那孩子是二十八个孩子中最小的，大概半岁多一点儿，虽然衣服很旧，还皱皱巴巴的，但掩不住他那一脸的灵气。孩子有张瘦瘦的脸，脸形稍长，两只大眼睛，黑溜溜的，像清水中的黑色鹅卵石。特别难得的是，这孩子还不认生。见都贵玛看着他，他还冲都贵玛甜甜一笑。那笑，像一滴凛冽的甘泉，叮咚一下就落进了都贵玛的心房。

"这孩子，咋这么可爱呢！"都贵玛轻轻夸赞着，忙朝那孩子跑去。

"呀呀……"孩子笑着，咿咿呀呀地叫着，朝她伸出了可爱的小手。

都贵玛一把接过那孩子，情不自禁地在他额头上亲了一口，然后很自然地问道："他叫什么名字？"

随行的女医生听不懂蒙古语，主任连忙给她们当起了翻译。

"这孩子没有名字。"随行的女医生这样回答。

"这么可爱的孩子，没有名字？"都贵玛惊讶地问。

"这可怜的孩子刚出生没多久就被送到了孤儿院，哪来的名字？"随行女医生回答。

停了停，那女医生又说："今天送来的这些孩子，有一多半都是没有自己名字的。孤儿院只给他们做了编号。"

都贵玛听着主任的翻译，眼泪已经扑簌簌地滚出了眼眶。

那一颗颗晶莹滚烫的泪水，掉落在小男孩的脸上。男孩愣住了，嘴一扁，也哭了起来。

"啊，不哭不哭，好孩子，你没有名字，以后我给你取。你没有亲人，以后我就是你的亲人啦！"说着，都贵玛紧紧抱着那孩子，情不自禁地抽泣起来。她抱着怀里的男孩，再看看地上那些因为下了火车，突然冷得缩成一团的孩子，心里顿时升起了一股神圣的感情。那一刻，她一点儿也不后悔自己来做保育员的选择了。那一刻，她只想用双手把所有的孩子都紧紧抱在怀里。那一刻，她恨不得给每个孩子都取上一个美丽的名字。

都贵玛带着孩子们踏上了去四子王旗保育院的汽车。

乌兰察布盟火车站离四子王旗中心镇乌兰花全程有两百多公里，驾车要四个多小时。

刚上车，孩子们感觉很新鲜，汽车摇摇晃晃的，路旁是连绵起伏的草原和初秋的野花。孩子们好喜欢，不断地喊："花！""花！""花！"

虽然都贵玛不懂汉语，但"花"这个汉字她听着听着就懂了，因为孩子们这么喊的时候，小脸上全是兴奋，还用小手指着窗外的小花。他们喜欢黄灿灿的金莲花，喜欢红艳艳的野杜鹃，喜欢紫嘟嘟的小蓟，也喜欢白莹莹的野草莓花。

"是的，这是花！孩子们，花，蒙古语叫其其格！"都贵玛开心地教小家伙们说蒙古语的花——其其格。她还告诉孩子们，因为草原人民很喜欢花，所以，草原女孩有很多都叫"其其格"，比如"娜仁其其格"就是"太阳花"的意思，"乌兰其其格"就是"红色的花儿"的意思……

孩子们除了喜欢那些五颜六色的花，还特别喜欢看草原上的牛群、羊群、马群和骆驼。

"牛！""大牛！""羊！""小羊！""马！""大马！""哇，骆驼！"每当车窗外出现成群的马、牛、羊或者几匹骆驼，孩子们就会一齐欢呼起来。

"这是'乌赫日'！"都贵玛指着牛群告诉孩子们。

"这是'浩尼'！"都贵玛指着绵羊告诉孩子们。

"这是'毛日'！"都贵玛指着马群告诉孩子们。

"这是'特莫'！"都贵玛指着骆驼告诉孩

子们。

最后,都贵玛指着一群山羊给孩子们这么介绍:"亚麻!亚麻!"

"哈哈哈,姨妈,羊叫姨妈!"有个大孩子连忙大叫起来。

"哈哈哈!""嘻嘻嘻!""嘿嘿嘿!"车厢里的孩子们顿时笑成了一团。

连都贵玛抱在怀里的那个最小的孩子也笑了。

随着车子长久颠簸,孩子们感觉累了,慢慢变得不声不响,最后,就迷迷糊糊地睡着了。

都贵玛怀里的孩子睡着了。还有两个稍大一点儿的孩子,也靠在都贵玛身上睡着了。

都贵玛看着孩子们那嫩生生的脸蛋,听着孩子们浅浅的呼吸声,一下也不敢动弹,仿佛孩子们是最精美的瓷器,只要她动一下,他们就会摔碎似的。所以,都贵玛一直静静地让孩子蜷缩在自己怀里,靠在自己身上,手脚越来越麻木,可她还是默默地坚持着……

终于,四子王旗保育院到了。

"孩子们,醒醒,咱们到家了!"都贵玛温柔地唤醒孩子,笑着告诉他们。

　　是的,二十八个孩子到家了。这是他们在草原上的第一个家!

用不同的衣服来分辨孩子

二十八个孩子，一窝蜂来到了都贵玛身边，一时间，都贵玛根本分不清他们谁是谁。因为在都贵玛的眼里，汉族的小孩长得都差不多。更何况，这些孩子大多只有编号，没有姓名。

怎么区分这些孩子呢？分不清的话，喂东西、换尿布、洗澡、换衣服……有些孩子可能会被重复对待，而有些孩子可能会被无意间忽视！

要赶快分清这些孩子！我得想个办法！都贵玛在陪孩子们睡觉的时候这么想，在给孩子们分牛奶的时候这么想，在给孩子们洗尿布、洗衣服的时候也这么想。

这天，都贵玛在给孩子们晾晒小衣服时，望着那些破旧的蓝衣、黄衣、红衣、花衣，心想：得为这些孩子缝些新衣服了。他们既然来到了内蒙古，得给他们做身蒙古袍才是！对了，孩子来到新家，按照我们蒙古族的规矩，本来就是要给他们换一身新衣服的呀！

啊，给他们做蒙古袍，那就将他们的袍子做成不同颜色、不同样式的，这样，每个孩子穿着不同的小袍子，不就将他们区分开了！想到这里，都贵玛不由得高兴得跳了起来。

她一边喊着"有啦！有啦！"，一边乐呵呵地往主任办公室跑去。

"都贵玛，你这么高兴，笑得合不拢嘴，难道是捡到了一匹千里马？"主任问她。

都贵玛笑道："我没有捡到千里马，但我想到了一个好主意，能很快分清这些孩子，但需要您的大力支持！"

主任被都贵玛吊起了胃口，连忙说："什么主意？快说来听听！"

"我想给孩子们每人缝一件蒙古袍，用不同的颜色、不同的样式来缝，这样，每个人的袍子不一样，孩子们不就一下子分清楚了呀！"都贵玛兴奋地说，"所以需要您支持，弄些钱为他们买布料呀！"

"给他们做蒙古袍，这本来我也考虑到了，政府也有经费支持的。只是没想到能用不同颜色、不同样式的衣服来区分他们呀！都贵玛，你真聪明！"主任夸赞都贵玛，把都贵玛的脸都夸红了。

"这样吧，你马上就去给孩子们挑布料，下午最好就能动工给他们缝衣服，注意，咱们既然要给他们做蒙古袍，就要挑好的布料来做！"

"好的，好的，谢谢主任！"都贵玛这下子脸更红了，因为她好激动。

没多久，她就来到了四子王旗最大的供销社。那里布匹不少，但要挑二十八种不同颜色的布，却很难。因为那个年代生产的布料，颜色并不是很多。怎么办？

"你要二十八种不同的布，其实可以做到。因为很多花布虽然颜色相同但花色是不一样的呀！"营业员为都贵玛出主意，"你就仔细给他们挑！我也帮帮你吧！对了，听说这些孩子很可爱，什么时候，我也去看看他们，可以吗？"

"可以啊，欢迎啊！来，咱们先挑布料！"都贵玛很快就和营业员成了好朋友。

在一对好朋友的精挑细选下，每个孩子的布料都挑好了。

"对了，都贵玛，你一个人缝这么多衣服，猴年马月才能缝完呀？"营业员好心地提醒都贵玛。

"我已经想好了，我要发动大家一起来缝！"

"好，这主意好，也算我一件！"营业员高兴地说，"我本来就想为'国家的孩子'做点什么，来表达表达我的心意呢！这下，我能为他们缝衣服，也达成了心愿，真好！"

"我也来为他们缝一件！"一个在布匹柜台旁专卖油盐酱醋的营业员听见她俩的对话，也凑了过来，主动要求为孩子们缝衣服。

"我也能缝衣服的，我也来缝一件！"没想到，一个来买东西的老大娘，也主动提出帮忙……

就这样，要为"国家的孩子"缝衣服的消息，一传十，十传百，不等都贵玛回到保育院，缝二十八件衣服的"工作"就基本上被好心的牧民大姐、大嫂们接光了。当然，每个人都来保育院"认领"了一个孩子，为他们仔细量了尺寸，做好了缝衣前的准备工作。

都贵玛还为自己留了一件，就是给那个年龄最小的孩子缝新衣。

她选了一块天蓝色带着小团花的绸布。都贵玛小心地裁剪，细心地手缝，布纽扣是红色的，还给衣服领子和下摆上镶了黄边，腰接处镶了两道细边，一道红色，一道黄色。袖口则镶了三道边，有红有黄还有白。小孩子的蒙古袍虽然很小，但因为做工细致，都贵玛还是熬了一个通宵才缝制完成。

哇！当最小的这个孩子穿上都贵玛精心缝制的蒙古袍，本来就很俊美的他，变得更英俊了。天蓝色的袍子衬托着他白净的脸蛋、乌黑的眼睛，这孩子，俊得就像一道阳光、一片湖泊呢！

"哎呀，从此，你就变成小蒙古人喽！"都贵玛亲了亲那孩子粉嘟嘟的脸蛋，兴高采烈地喊道。

"咿……呀……"孩子还不会说话，但他也兴奋地叫了起来，双手还不断抓着衣服上的布纽扣，努力低下头，想去咬那纽扣呢！

看得都贵玛哈哈大笑："小家伙，你也太可爱了吧！"

第三天，那些被好心阿姨、大妈、阿婆主动领去缝制的小袍子就全做好送回来了。

果然是不同颜色、不同花色、不同样式的蒙古袍啊！有的袍子是绿色镶黄边，有的袍子是红色嵌白纹；有的袍子是团花图案的，有的袍子是碎花图案的；有的袍子做工传统、样式传统，有的袍子则显得很洋气，很时髦……

等二十八个孩子穿上二十八件色彩斑斓、精心缝制的蒙古袍时，一下就从二十八个汉族小孩摇身一变成了二十八个地道的蒙古族小孩。

"侬嘎漂亮的！"

"阿拉喜欢这新衣服！"

"我的最漂亮，看看，像天上的彩虹！"

"我的才最好看，你看，我的蒙古袍上开满了鲜花！"

"好暖和，好舒服，这袍子真好！"

"嘻嘻，你这纽扣有意思，怎么像只花蝴蝶！"

"别动我，别把我的衣服弄坏了！"

孩子们说着上海话,说着普通话,叽里呱啦夸赞着自己身上的、别人身上的新衣服,彼此拉拉扯扯,笑着闹着,一个个都乐得心花怒放。

哇,瞧我做成了一件多好的事!我不仅能分清孩子们谁是谁了,而且还给他们带来了这么多的快乐,瞧他们多欢喜呀!真好!真好!都贵玛看孩子们那么高兴,她也很高兴,心里满满的都是自豪。

这个十九岁的少女,第一次为孤儿们付出了爱,第一次真切体会到了自己的同胞对这些孩子深厚的民族情谊,也第一次收获了成功的快乐。她在心里暗暗发誓:以后,我会更努力的!我要为他们做得更多!

最温暖的"语言"

面对二十八个"国家的孩子",都贵玛常常想起她放牧时接触过的那些小羊。

尤其当那些孩子哭泣的时候,都贵玛耳朵里常会响起小羊的咩咩声。小羊饿了,渴了,冷了,都会发出委屈、无助的咩咩声。这些孩子也一样啊,饿了,渴了,冷了,难受了,他们就会委屈、无助地哭。

一听见孩子哭泣,都贵玛都会忙着去搂,去哄:"别哭,别哭,小羊儿乖乖,羊妈妈来啦!"

一天里,她总要把自己几十次、上百次地化身为羊妈妈,可是,有时无论都贵玛怎么哄,这些孩子还是哭个不停。

"小羊,你到底怎么了?"都贵玛用蒙古语问他们。

"哇哇哇……"孩子们哭得更大声了。因为他们听不懂都贵玛的话。当然,都贵玛也听不懂他们的诉求。

"我们说什么,孩子都听不懂,怎么办?"助手问都贵玛。

"这可怎么办呢?"都贵玛也不断问自己。她叫孩子们吃饭,孩子们不懂;她叫孩子们睡觉,孩子们不懂;她叫孩子们上厕所,孩子们还是不懂。因为这不懂那不懂,孩子们哭得更凶了。

"哎呀,这些小羊可真不好对付!"这天,助手学着都贵玛的腔调,也把二十八个孩子叫成了小羊。

"小羊,小羊……"都贵玛轻轻地念叨着,最后一拍额头说,"有了!真正的小羊不是也不懂我们的语言吗?可是,我们打个手势什么的,它们也能懂我们的意思。这些孩子,比小羊聪明多了,应该也能懂啊!这样吧,我们就跟他们讲'手语'吧!"

"好呀，好呀，都贵玛，你真聪明！"助手兴奋地喊道。

"这算什么聪明，难道你不会和真正的小羊交流吗？在咱们杜尔伯特草原上，谁都会呀！你看，咱们草原上所有的牛、羊、马、骆驼都不懂我们的语言，可它们谁不懂我们对它们的疼爱呢？只要爱这些"国家的孩子"，我想，他们会很快懂得我们的'手语'的意思的！"

"哈哈哈，说你聪明，是因为这个'手语'点子可是你想出来的呀！"助手笑道，"咱们还是赶快试试吧！你先给我做个示范！"

那时，正好要给孩子们分牛奶喝。都贵玛略一思索，便拿出一个搪瓷碗，再拿起一个铁勺，把铁勺用力在搪瓷碗上敲了敲，"当当当，当当当，当当当"……

敲了一阵，所有孩子的目光都看向了都贵玛。都贵玛抓起奶壶，朝搪瓷碗中倒入一些牛奶，然后把搪瓷碗凑近嘴巴，将碗里的牛奶咕嘟嘟喝了个精光。

这样明显的"手语"，孩子们怎么会不懂呢？

大家一窝蜂把都贵玛围起来，纷纷伸出小手，冲着她嚷："牛奶，我要！""我要牛奶！""我要喝！""我也要喝！"

"来吧，每个人都有！"都贵玛笑着用蒙古语冲他们喊。

一碗碗牛奶，就这样递给了孩子们。

孩子们捧着牛奶碗，纷纷用普通话、上海话、苏州话、杭州话等跟都贵玛道谢："谢谢！""多谢！""谢谢侬！"……

都贵玛笑了，孩子们笑了。

不，也有孩子哭了。比如那个最小的俊秀孩子，他还不会说话，更不会捧碗，看见大哥哥大姐姐们喝牛奶，他坐在婴儿车里吧嗒着嘴巴，也想喝，看见都贵玛笑得好像忘记了他，他立刻放开喉咙大哭起来。

"哎呀，最小的小羊哭啦？宝贝，对不起，我马上来喂你！"都贵玛说着，一个箭步冲到小宝贝身边，端起牛奶碗，小心翼翼地喂了起来。

牧民们刚送来的牛奶，是那么新鲜香醇，小宝贝喝得好开心，还挥舞着小手，嗷嗷呼喊起来。

最温暖的"语言"   43

看着小宝贝沾满牛奶的小嘴巴，都贵玛忍不住啵地亲了一口他的脸蛋："喝吧，我的小羊，我的宝贝，既然来到了咱们杜尔伯特大草原，牛奶管你喝个够！"说着，她抬起头，又用勺子敲敲搪瓷碗，对所有的孩子说，"还要牛奶吗？"

有些孩子摇摇头，表示喝好了。

有些孩子却将胳膊直直地伸出来，手端着碗，表示还要牛奶。

就这样，都贵玛的"喝奶手语"，孩子们一下子就全明白了。

吃饭的时候，都贵玛也如法炮制。当然，这里的饭，不同于江南的白米饭，这里的饭以蒙古馅饼、包子为主，配上奶茶、羊杂汤等。孩子们吃得可欢实呢！

吃喝拉撒，这四个字是连在一起的。孩子们喝了牛奶，喝了羊汤，吃了馅饼和包子，自然也要上厕所。

一般在吃点心后，在吃早中晚三餐后，都贵玛都会指指厕所，要孩子们去上厕所。

不过，还有几个孩子还裹着尿布呢！都贵玛每次都要仔细检查他们的尿布，看看他们大小便的颜色，闻闻他们大小便的气味，以确定他们有没有拉肚子，有没有其他身体上的不适。

有的大孩子很调皮，一见都贵玛检查小弟弟小妹妹们的尿布，就会偷偷地笑起来。

都贵玛知道他们是在笑她，便指指那尿布，再指指他们的脸蛋、肚子，并做了呕吐、揉肚子、咳嗽等动作，跟那些孩子解释："你们的大小便，是从你们身体里排泄出来的，直接跟你们的健康有关哟！"

孩子们虽然不懂都贵玛的蒙古语，但经都贵玛比画了一通"手语"，他们基本上也明白了都贵玛的意思，马上停止了怪怪的笑声，还对都贵玛比出了他们的大拇指，表扬她做得好。

没想到，孩子们主动跟她比手语，而且一出手比画就是赞美她！都贵玛乐坏了，忙伸出自己的双手，向孩子们伸出大拇指，对着孩子们比着一个又一个大大的赞美。大大小小的孩子都笑了起来。都贵玛也笑了，笑得像花一样灿烂，像花一样漂亮……

晚上，孩子们的睡觉时间到了，都贵玛就拿出枕头，拍拍枕头，再把枕头贴在脸上，闭上眼睛，还故意发出呼哈呼哈的呼噜声。

"睡觉啦！""呼呼啦！"孩子们立刻就懂了，纷纷喊着睡觉，一个个乖乖爬上了床。

这时，都贵玛又指指孩子们，拍拍自己的胸口，表示她很喜欢他们……

孩子们也立刻指指她，拍拍自己的胸口，表示他们也很喜欢她……

这下，都贵玛笑得更欢了，孩子们也笑得更欢了，仿佛草原上所有的花，都一起在灯下盛开了。

微笑，是孩子们最容易懂的语言啊！都贵玛以前不是一个爱笑的人，可是，自从做了这二十八个孤儿的保育员，都贵玛就把微笑的"语言"常常挂在脸上。

大孩子哭嚷着要回上海，她笑着去搂。

小宝宝哭闹着要喝水，喝奶，她笑着去喂。

有孩子摔跤，她笑着去搀扶。

有孩子争吵，她笑着去劝解。

有孩子生病，她笑着去安慰，笑着带他们去找医生,笑着给他们喂药。

她那微笑的语言,没有一个孩子听不懂。所以,她很快就赢得了孩子们的信任。

而孩子们也回报给她最美的微笑,让她感觉照顾他们是那么幸福!

爱的手语,爱的微笑,爱的信任,可都是双向的呀!

给孩子们取名

"孩子们,你们就像草原上的小羊,小羊在茁壮地成长,你们也像小羊一样快快长大吧!"在为孩子们穿蒙古袍的时候,在给孩子们喂东西吃的时候,在哄孩子们睡觉的时候,都贵玛都会笑着这样跟孩子们呢喃。

对了,她养过的那些小羊,她可是都给它们取了名字的,有的叫哈布仁扎布日(春风),有的叫其其格(小花),有的叫嗷的(星星)……

她想,这些孩子也应该有自己的蒙古族名字。不管他们原先叫什么,不管他们的编号是什么,他们穿上了蒙古袍,天天吃着蒙古族牧民供给的食品,就是蒙古族的孩子啦!蒙古族的孩子,怎么可以没有自己的蒙古族名字呢?

于是,她把最小的那个男孩唤为"纳兰",意思为太阳,因为他实在是太可爱了,笑起来像阳光照满了屋子。

她为一个身体孱弱、时时刻刻总想黏着她的男孩取名为"呼和",意为青色,希望他像草原上的青草一样倔强、茂盛,生机勃勃,身体能更壮实一些。

她为一个高个子女孩取名为"宝德",意思是大畜儿,希望她像草原上的牛群羊群一样茁壮成长。

她为一个圆头圆脑、憨厚善良的男孩取名为"扎拉嘎木吉",意为继承,她觉得他一定会好好继承蒙古族人民勇敢、善良、好客的优良传统。

她为一个皮肤白白净净的男孩取名为"查干巴特尔",意思是白色的英雄。蒙古族人很喜欢白色,帐篷是白色的,白云是白色的,白色的蒙古语就是"查干",而"巴特尔"是英雄的意思。

她为一个待人友好、脾气温和的女孩取名为"施仁巴乐",就是给予别人友好之意……

助手夸赞她："都贵玛，你不愧是读过书的，这些孩子的名字取得真好！每个孩子的名字跟他们的性格、长相都很贴近呢！你好聪明！"

都贵玛羞涩地笑了，说："不是我聪明，而是这些孩子聪明，他们身上的优点是那么明显，简直一目了然，我只是顺其自然给他们取了名字而已。"

"那是因为你爱他们，懂他们啊！他们一个个都像你的亲儿女呢！"助手笑着夸都贵玛。

"你不也一样嘛？"都贵玛真诚地说，"自从这些孩子来到保育院，我们谁睡过一个安稳觉了？我们谁舒舒服服吃过一顿饭啦？我们都在围着孩子转呢！"

"要说爱，这些孩子，是我们草原人民共同的爱，只希望他们平平安安地长大呀！"

"对，要'接一个，活一个，壮一个'！乌兰夫主席的嘱托，我一刻也忘不了呢！"都贵玛紧握双拳说，"我一定努力，咱们一起努力吧！"

"好！一起努力！"

正当都贵玛和助手在彼此鼓励的时候，有个穿宝蓝色蒙古袍的孩子走过来拉了拉都贵玛的衣角说："阿姨，我只有编号，我没有名字，你给我取了什么名字呀？"

都贵玛蹲下来，看着他宝蓝色的蒙古袍，再看看他清澈的大眼睛，看着他眼中闪闪烁烁的渴望，略一沉吟，说："宝贝，以后，我叫你'达来①'好吗？"

"达来是什么意思？"小男孩问。

"大海！就是你们汉语'大海'的意思！相信你长大后，一定会成为一个心胸如大海一样宽广的男子汉！"都贵玛认识的汉字很少，但她知道汉语的大海怎么说，所以她笑着对小男孩喊出了"大海"这个词。

"哇，达来，大海……大海，我见过的，有很多很多水，有很多很多船，有很多很多鱼虾，还有很多很多贝壳，我以前的家离大海不远。哇，以后，我的名字就叫大海啦！不，是达来，达来，达来，我喜欢，我好喜欢！"小男孩激动得反复大叫

---

① 蒙古语中发音为 lǎi。

着,"我有名字啦!我有名字啦!我叫达来!我叫达来!我是大海!我是大海!我是大海!"

"是的,你这个小不点,就是一个充满希望的大海啊!"都贵玛笑着把达来搂在怀里,达来也紧紧地把这个草原母亲抱住了,像抱住了一片爱的海洋。

从此,无论是对保育院的小伙伴,还是对每一个来保育院看望他们的牧民、领导,小男孩都会郑重其事地告诉他们:"我叫达来,我的名字是大海的意思。我喜欢我的名字!这个名字,是都贵玛阿姨帮我取的,我喜欢都贵玛阿姨!"

都贵玛没想到,仅仅是拥有了一个名字,这小男孩就会如此高兴!她的眼眶湿润了,从此更加心疼这些孤儿了。

她问达来:"你还记得你以前的家是什么样子吗?"

"我太小,不大记得清了。只记得那里有很多很多水,很多很多船,还有爸爸妈妈。我只模模糊糊记得他们的背影,我太小了,都不大记得了……"

达来说着说着，哭了。

都贵玛紧紧抱着他，陪他一起流泪，哽咽道："达来啊，你别难过。以后啊，咱们这个有着很多很多草、很多很多花、很多很多牛羊的大草原，就是你的家，永远的家！"

他们的语言其实是不大通的，但他们的心相通、情相连，所以，他们的对话，彼此都能懂。

这时，身材瘦弱的呼和来了。他看见都贵玛紧紧抱着达来，有些嫉妒。一岁多点的他，蹒跚着走过来，紧紧抓住了都贵玛蒙古袍的下摆，双手打开，冲她高高举了起来，说："抱！"

呼和还不怎么会说话，"抱"是他说得最多的一个字，所以都贵玛完全懂得呼和的意思。

她一手抱着达来，一手把呼和抱了起来。

她成了"双枪将"。这两个孩子在她怀中，小脸都笑开了花。

"抱！""抱抱！""我也要抱抱！"顿时，宝德、施仁巴乐、斯日巴勒等女孩都伸着手朝都贵玛靠了过来，扎拉嘎木吉、查干巴特尔等男孩也伸着手朝都贵玛靠了过来。

"都有！都有！来，我一个一个地抱哈！"都贵玛笑着抱起了这个，又笑着抱起了那个，抱得手酸了，腰也痛了，但看着孩子们乐呵呵地围在她身边，就仿佛她是他们的"纳兰"（太阳）一样，都贵玛也高兴得哈哈大笑。

这青春的笑声和孩子们童稚的笑声融合在一起，在四子王旗保育院里，汇成了一首多么有爱的交响乐啊！

不能入眠的夜晚

十九岁,还是贪睡的年龄。在牧场上干活儿的时候,都贵玛是出了名的劳动能手。但别人不知道,她这个劳动能手,也有偷懒的时候。那就是每天早晨,她总喜欢赖一下床,直到姨妈来喊她,她才会揉着惺忪的睡眼,一边嘴里嘟嘟囔囔说着"想再睡一会儿呀,让我再睡一下多好",一边慢慢地起来洗脸,漱口,吃早饭。

跟其他爱劳动的牧场姑娘一样,都贵玛夜里总是睡得又香又甜。有一次,她为了保护一只新生的小羊,为了给那只瘦小虚弱的小羊送去温暖,特意搂着小羊睡。尽管她一再告诫自己不能睡着、不能睡着,最后,还是和小羊一起进入了梦乡。

第二天,她在小羊咩咩的叫声中醒来。看着被紧紧搂在怀里的小羊,她吓了一跳,担心地说道:"小羊小羊,你没事吧?我不小心睡着了,没压着你吧?没把你勒坏吧?"说着,她忙抱起小羊,翻来覆去地检查着。看到小羊没事,她才用手拍拍胸口,又摸摸小羊的额头说:"哎呀,好险,好险!"

"你呀,还需要再锻炼锻炼,才能成为一个真正的'小羊额吉'!"姨妈在一旁温柔地说道。

"我这'小羊额吉'太贪睡了,还需要好好锻炼锻炼!做额吉真不容易啊!"都贵玛老老实实地点头承认。

可是,这样的贪睡宝,却突然成了二十八个孩子的保育员。

白天忙忙碌碌的,她不怕。她既不怕累,也不怕脏;既不怕苦,也不怕烦。她脾气好,无论孩子怎么缠她,怎么闹她,她都不会生气。

"他们和我一样,都是孤儿呀!像我,要是没有姨妈收留我,我就可怜了。而他们要是得不到我的疼爱,他们也可怜了!"都贵玛对孤儿有着别样的感情,对保育院里的孩子特别有同情心。

她给孩子们做蒙古袍，用不同颜色、样式的蒙古袍来区分初来乍到的孩子们，也用新衣服为孩子们迎接新生活。她自创了一套手语，和孩子们默默地交流，把自己的心和孩子们的心紧紧贴在一起。她还给一个又一个孩子取了含义深刻的蒙古语名字，让孩子们更快地融入大草原的怀抱。

没多久，孩子们就深深地爱上了这个善良又温暖的保育员阿姨。

可是，夜晚来了，都贵玛的忧愁也来了。自从做了保育员，她还不曾睡过一个囫囵觉。

不是这个孩子哭了，就是那个孩子哭了。不是这个孩子缠着要她抱，就是那个孩子缠着要她抱。一会儿，这个孩子要小便；一会儿，那个孩子要大便。一会儿，这个孩子踢被子了；一会儿，那个孩子又踢被子了……

总之，二十八个孩子，即使有三分之一的孩子在哭闹，也够她忙乎的啦！

最小的"太阳"很乖，但喜欢钻进她怀里睡。

那个体弱多病的呼和，也喜欢黏着她睡。

还有好几个小女孩，睡觉时也喜欢举着手，让

不能入眠的夜晚　59

她抱一抱,搂一搂,哄一哄。

"乖,都有,都有!每个人都抱抱!"都贵玛热情地朝一个个孩子伸出手,从小到大,抱睡了这个,再抱另一个。

北山上呼啸的是白斑猛虎,建设人类文明的是英雄的蒙古。南山上呼啸的是黄斑猛虎,创造人类幸福的是英雄的蒙古……

这首赞美草原英雄的颂歌,被都贵玛轻轻地哼着,哼成了一首温柔的催眠曲。而都贵玛的双手,是最软的摇篮,轻轻地摇啊摇啊,窗外的鸟儿们不再叽叽喳喳地叫了,因为鸟儿们睡着了,只能听见鸟儿们轻柔的梦呓"咕咕,咕咕"。

孩子们终于都睡了。

都贵玛侧躺在床上,搂着最小的宝贝,眼睛不自觉地眯了起来。

可是,"哇……"有个大孩子哭了,他可能梦到了自己被父母悄悄放在孤儿院门口的情景,梦中的他很饿,饿得抓心挠肝又迷迷糊糊地睡着了。等他醒来,父母早就不见了,他也早就不在上海了,而是在内蒙古大草原上。窗外的风呼呼地吹着,像大火在燃烧,也像狼群在嗥叫。他越听越害怕,更加思念爸爸妈妈,于是,号啕大哭起来。

那凄惨的哭号,一下惊醒了都贵玛。她冲大孩子跑了过去,一把抱住他,紧紧搂在怀里说:"别哭,别哭,宝贝,一定是想家了吧?以后,这里就是你的家了,你放心,有我守护着你呢!"

孩子听不懂她的话,但感觉都贵玛的语气是那么温柔、暖心,他伏在都贵玛怀里,抽泣了一阵,慢慢就止住了哭泣,一会儿就又睡着了。

都贵玛轻轻放下他,给他盖好被子,还亲吻了一下他的额头,笑着轻轻呢喃:"好好睡吧!放心,以后呀,你会成为草原上的一匹骏马,咱们的杜尔伯特大草原,就是你的家!"

说着,都贵玛慢慢绕孩子们的小木床走了一圈,给这个孩子掖掖被子,给那个孩子扶扶枕头。当她走近那个两岁的女孩宝德,却见她瞪着眼睛,一颗一颗的眼泪不断地从她的眼眶里滚出来。原来,她在默默哭泣。

不能入眠的夜晚

"宝贝，怎么了？"都贵玛心疼地连忙抱起这孩子。

"尿湿了……"可爱的宝德轻轻说。

"没关系，没关系，我马上给你换裤子！"都贵玛说着，立刻为宝德找裤子，换裤子……

夜越来越深，屋外的风越来越大。满世界的风好像都在哭着找妈妈呢！

都贵玛听着风声，搂着孩子们，又迷迷糊糊地睡着了。

"呜呜呜……"这时，又有孩子哭了。

都贵玛起先以为是风声，还嘟囔了一句："风妈妈，你的孩子哭啦！"

可是，"呜呜呜……"哭声越来越大，都贵玛艰难地睁开眼睛，循着哭声一看，原来又是呼和在哭。

"怎么了，我的呼和？"都贵玛问那个瘦弱的男孩。

男孩太小，还不怎么会表达，他只是蹬着腿，使劲哭。

都贵玛扑过去，抱起他，用手摸摸他的额头，见他没发烧,稍微放心些了。她又手忙脚乱地解开他的尿布,发现孩子拉肚子了,忙倒热水给他擦洗,为他换尿布,又给他找药吃……

待呼和安稳地睡着,窗外的百灵鸟都嘀哩嘀哩地叫开了。

都贵玛趴在呼和的小床边,跪着就睡着了。

这个十九岁的女孩,本来是个搂着病弱的小羊都能酣然入睡的贪睡鬼,现在,为了这二十八个"国家的孩子",却一夜夜都半梦半醒的,已然熬成了一个极负责任的小额吉。

最小的孩子，最早的别离

孩子们来到四子王旗保育院，转眼三个多月过去了。在都贵玛的尽心养育和精心呵护下，二十八个孩子不仅一个个都活了下来，而且一个个都长结实了，变壮实了。

鲜牛奶、奶茶、手把肉、包子、馅饼，将这些小家伙的小肚子一天天撑圆了，将这些小家伙的小脸蛋一天天撑鼓了，也将这些小家伙的个子一天天撑高了。

"瞧这些'小羊儿'，一个个都快长成'大骏马'啦！"都贵玛看着二十八个孩子一天天的变化，常这样感叹。

当孩子们菜青的脸色变得一天比一天红润，当孩子们迷惘的眼神变得一天比一天清亮,当孩子们凄切的表情变得一天比一天明朗,当孩子们消瘦的四肢变得一天比一天健壮,当孩子们矮小的个子变得一天比一天挺拔,还有谁能比都贵玛更快乐呢?

三个多月,一百多天的辛苦熬下来,原本那个胖乎乎的牧羊姑娘都贵玛消失了。她瘦了,浑身上下的那些肉窝窝不见了。不过,她不仅不为自己的消瘦担忧,反而每天都兴高采烈的。

你看,扎拉嘎木吉摔跤了,都贵玛惊叫着跑了过去,只见她一把抱起扎拉嘎木吉,担心地问:"小宝贝,摔痛了吗?"

这时的扎拉嘎木吉,已经可以说几句简单的蒙古话了。只听他奶声奶气地回答:"我肉肉多,不痛!"

"哈哈哈,你这小肉包也太可爱了吧!"都贵玛大笑。她还记得他初来时那瘦骨嶙峋的样子呢!没想到,一转眼,他就成了二十八个"国家的孩子"中最肉嘟嘟的一个。

都贵玛举起扎拉嘎木吉转了一个圈圈,累得气喘吁吁,说:"宝贝,我知道我身上的肉都到哪里去了——原来,是被你偷走了呀!"

哈哈哈,嘻嘻嘻,嘎嘎嘎……

这下,二十八个孩子全被她逗笑了。

就连最小的那个太阳般的男孩,也在呵呵地笑。他正想跟哥哥姐姐们学说话呢,所以他一边笑,一边开开心心地大叫道:"呀!"

都贵玛听见了,忙把她心目中的"纳兰"举了起来,对他喊道:"宝贝,你再'呀'一下!"

"呀!呀!呀!"小男孩大叫。

"哇,叫得好!真厉害!太阳,我的小太阳!"都贵玛无比宠爱地望着她举在头顶的小男孩,感觉整个房子都被他那可爱的小脸蛋照亮了。

就在这时,门口光线忽然暗了。有客人来访了。

这是常事。保育院经常有人来参观的。

都贵玛抱着她最心爱的"小太阳",朝门口迎了过去。

来人是一对中年干部,四十多岁,女的瘦高个儿、高颧骨,看上去比较严肃,男的中等个子、敦实身材,一脸慈祥。

中华先锋人物故事汇　都贵玛

"呀！呀！"看见那对夫妻，都贵玛怀中的"小太阳"立刻冲他们笑着挥挥手，还呀呀地大叫起来。

"哇，这孩子，多可爱！"那对中年男女的眼眸顿时被"小太阳"点亮了，他俩几乎异口同声地说道。

都贵玛见来人如此喜欢自己的"小太阳"，乐坏了，忙把"小太阳"托到了女人面前，用不熟练的汉语对"小太阳"说："叫阿姨！叫阿姨！"

"阿……阿……""小太阳"笑着冲那中年阿姨叫道。

"哎呀，这么可爱，心都醉了，老孙，我看，咱们就领养这个孩子吧！"女人对男人说道。

"嗯，就是他啦！就是他啦！"男人兴奋地喊道。

跟他们一起过来的主任问："孙大哥，隰（xí）大姐，别的男孩你们就不看看了？"

"不用啦！不用啦！"他们俩异口同声地回答。

"这个孩子太小了，比较难带，你们可以看看别的大些的男孩呀！"显然，主任也特别喜欢都贵玛怀中的"小太阳"，对这"小太阳"非常舍不得，所以一再劝他们再看看别的男孩。

"就他啦！我们今天就抱走吧！怕夜长梦多，等下被别人抱走可怎么办！"只听孙大哥坚决地对主任说道。

"什么，今天就抱走？都贵玛可能接受不了……"主任说着，担忧地看着都贵玛。

都贵玛没有听懂他们说什么，还抱着"小太阳"友好地冲两位客人笑着。都贵玛笑得很灿烂，孩子也笑得很甜蜜。孩子在都贵玛怀里探出身子，双手不断冲隰大姐挥舞着。

隰大姐飞快上前一步，一把将"小太阳"从都贵玛怀中抱了过来。

"阿……阿……""小太阳"不仅没有哭闹，反而继续笑着喊她阿姨。

"以后得叫我娘，宝贝！"隰大姐紧紧搂着"小太阳"，扭头对丈夫说道，"老孙，你去办一下领养手续，我先抱一下咱们儿子！"

说完，隰大姐抱着"小太阳"匆匆往门外走去，仿佛怕慢一步，她手中的孩子就被别人抢走了。

实际上,"小太阳"也真的被别人抢走了,是都贵玛跑过来将"小太阳"抢回去。

"你们干什么?干吗抱走我的孩子!"都贵玛很生气地用蒙古语责问隰大姐,怕她听不懂,又加上了"手语"。她用力冲隰大姐摇摇手说:"以后你们别来了,这里不欢迎你们!"

然后,她撩起蒙古袍下摆,将"小太阳"紧紧一裹,逃到孩子们中间去了。

"都贵玛,回来!跟你介绍一下,这是孙大哥,这是隰大姐,他们来自河北革命老区,想领养一个孩子,所以找到了咱们保育院。他们家条件很好,经过调查,我们同意了。你知道,这些孩子,保育院只是暂时代养,最后,他们可都是要去养父母家的。这是第一个孩子,被孙大哥和隰大姐相中了,你就让他们抱回家去吧!你放心,孩子跟着他们一定不会错的,一定会被善待的,他们都是老革命,你放心,你放心……"

"主任,我知道,这些孩子最后都要被送往寄养家庭的。可是,这个孩子是最小的呀,难道最小的反而要先离开？不，不行！我舍不得！我舍不得！"都贵玛说着，忍不住痛苦地大叫起来，抱着"小太阳"狂奔。

可是，保育院不大，她抱着孩子能逃到哪儿去呢？

最后，她被主任追上了，主任伸手去抱她怀中的小男孩，都贵玛哭了："主任，求求您，不要让人带走他！求求您！"

"都贵玛，你冷静一些！你说不要抱走他，那么，你想叫孙大哥、隰大姐抱走哪一个？"主任问都贵玛。

都贵玛泪眼婆娑地望着所有的孩子。是啊！这二十八个"国家的孩子"，现在都像她自己亲生的，哪一个她都舍不得让他们离开呀！

都贵玛想着这些孩子最后全要被别人领养走，悲从中来，号啕大哭起来。

主任、孙大哥、隰大姐都默默陪着她。只一会儿，隰大姐也泪流满面了。而孩子们看见都贵玛哭，一个个也哭了起来……

"他不可以走，他还这么小，他是我心中的

'小太阳'呢,他不能走,哪个孩子都不能走……求求您啦,主任!"

这时,主任也哭得泪眼盈盈了,不过他抹抹眼睛,冲都贵玛喊道:"不行,都贵玛,你冷静一些,叫他们把这孩子抱走吧!长痛不如短痛!"

几乎是硬生生地,"小太阳"被主任、隰大姐和孙大哥合力"抢走"了。孩子虽小,也感觉到了不对劲,小嘴一扁,哇哇大哭起来。

孩子一哭,都贵玛更是肝肠寸断:"孩子,我的孩子!宝贝,我的宝贝!'纳兰',我的'小太阳',你别走啊!"都贵玛扑上去,可主任紧紧拽住了她,"记住,天下没有不散的筵席!"

"可是,他们都没有给我的宝贝准备新衣服啊!"

按照蒙古族的习俗,孩子被抱走时,得换新衣服,表示从此以后这孩子就开始新的幸福生活了。

"放心,我待会儿就给他买全新的。对了,名字我们在家里也想好了,就叫'保卫',寓意保家卫国。以后,这孩子就叫孙保卫啦!都贵玛小阿姨,你放心,我们对他肯定会像对待亲生孩子一样好的！我保证！"孙大哥安慰都贵玛。

"我也保证，我这辈子都会对他好，比亲生的孩子还要更疼爱他！"隰大姐也跟都贵玛举手发誓。

都贵玛点点头，大串泪水哗啦啦地掉了下来。

眼睁睁看着"小太阳"，对了，他现在叫孙保卫了，被孙大哥和隰大姐越抱越远，听着他不舍的哭声越飘越远，都贵玛禁不住哭瘫在保育院门口……

"'小太阳'，我的'小太阳'，你是最小的，怎么却第一个被抱走了呢？"都贵玛抱着门框，哭呀哭呀，两只眼睛哭得红肿，像两个红通通的桃子。

这是平生第一次，都贵玛感觉到自己的心都被带走了。

亲近小羊，回到草原之家

"小太阳"孙保卫被养父母领走了。

都贵玛心里空落落的。

在照顾其他孩子时，都贵玛常会情不自禁地流下泪来。

一转眼，跟孩子们相处已经四个月了。这四个月，一百二十多个日日夜夜，孩子们的每一声哭泣、每一声欢笑，都紧紧地牵动着都贵玛的心。都贵玛给孩子们喂饭，陪孩子们睡觉，和孩子们游戏，为孩子们洗洗涮涮，跟孩子们说说笑笑，总围着孩子们转呀转。她的稚气、娇气不见了，她的胆怯、羞涩也不见了。孩子们在她的照顾下发生了脱胎换骨般的变化。而她也被孩子们改变了，变得更加成熟，更加坚韧，更能吃苦耐劳，也更富有责任感。

经过四个月的调养，孩子们的身体越来越棒，也习惯了草原的气候和饮食习惯，四子王旗保育院决定让都贵玛把这些孩子带回脑木更苏木——都贵玛老家的保育院去养育，都贵玛不假思索就答应了下来。

"走喽，小羊、小马驹们要去真正的大草原上撒欢儿喽！"都贵玛笑着跟孩子们说道。

"能骑马吗？"

"能抱抱小羊吗？"

"我能牵一牵骆驼吗？"

孩子们立马嚷嚷开了，缠着都贵玛不断地问这问那。

"能啊，以后都让你们体验体验，还可以让你们去挤挤羊奶、牛奶，让你们采采草原上的各种野花！"

"好喜欢！""真高兴！""想去，想去！"

孩子们纷纷拍着小手，盼望快快回到都贵玛的草原老家。

没多久，孩子们的行装就整理好了。一辆大车，载着都贵玛和二十七个孩子，伴随着草原早春的风一起奔向了脑木更苏木。

都贵玛是一九六一年九月来到四子王旗保育院的，四个多月过去，过了一个春节，孩子们长大了一岁，她也长大了一岁。不，她感觉自己仿佛已经长大了十岁。在四子王旗保育院和孩子们一起生活了四个多月，她感觉自己仿佛早就是一个儿女成群的年轻母亲了。

此刻，她要带她的儿女们回家了。

道路两边，还有很多冰雪，但也有顽强的小草从冻土中探出了头。毕竟，春天来了，万物都在草原上悄悄孕育着生机。

"咩咩咩……"当车子经过一个蒙古包时，孩子们听见了一片热闹的羊叫声。

"小羊，我看见小羊啦！"有个眼尖的孩子兴奋地叫道。

"我看看，我看看！"

"我也想看看！"

"我也要看！"

顿时，很多孩子一起扑向车窗。

"羊妈妈正在产羊羔呢！这时候草原上还是产羔期。"都贵玛无比温柔地告诉孩子们，仿佛那些咩咩叫的小羊，都是她的孩子。

"看！""看！"这时，连呼和、扎拉嘎木吉等较小的孩子，也拼命把脑袋扭向窗外，小眼睛里燃烧着好奇的光芒。

都贵玛看孩子们这么兴奋，很感动，她走到司机身旁，轻轻跟他商量："咱们在这里歇歇好吗？我想让孩子们去看看小羊。"

"等到了脑木更苏木，还愁没有小羊看？"司机大叔笑道。

"小孩们图新鲜！让孩子们看个新奇嘛！"都贵玛向司机大叔说道。

"你呀，带了这么多孩子，自己也还像个孩子哩！"

"我现在可是有一大群孩子的老额吉啦！司机大叔，请为我的孩子们停一下车吧！"

"好的，听你的，本来大家也需要休息一下啦！"司机大叔边说边把车子刹住。

"走喽，下车去看小羊喽！"随着都贵玛的一声呼喊，孩子们立刻兴奋地朝车门外冲去。

"慢点，慢点！"都贵玛抱着呼和，背着扎拉嘎木吉，护着其他孩子下了车，带孩子们来到羊栏。

羊栏里，有几十只小羊挤成了一团。

早春的草原还很冷，风呼啦啦地吹着，不少沙尘也跟着风在低空奔跑。

喜鹊与乌鸦在羊栏周边叫得好欢，小羊则叫得更欢。

"咩咩咩……"小羊们一边叫，一边好奇地看着突然出现的这些孩子。

孩子们更是好奇地瞪着小羊。一个个都朝小羊伸出手，很想抱抱小羊。

"呀，这一大群孩子，是从哪里冒出来的？"牧羊大爷从羊栏里抬起头，惊讶地问。

都贵玛笑着跟他解释："大爷，这是我们草原接来的'国家的孩子'，我们要去脑木更苏木，孩子们想来看看您的羊，您欢迎吗？"

"啊，是'国家的孩子'呀，听说过的，听说

亲近小羊，回到草原之家

我们接了三千个呢!"

"是啊,我接了二十八个,不过有一个已经被养父母带走了……"

都贵玛说到这里,想起她的"小太阳"孙保卫,眼眶突然湿润了。

这时牧羊大叔已经打开了羊栏门,热情地冲孩子们招起了手:"来来来,孩子们,你们来摸摸小羊吧!"

"哇,太好啦!"

"小羊,我来了!"

有些孩子特别开心,迫不及待朝小羊们跑去,有些孩子胆子小,有点怕。

"别怕,小宝贝们,小羊跟你们一样,都是很乖、很可爱的……"都贵玛鼓励着孩子们。

扎拉嘎木吉勇敢地把小手放在了小羊身上,一脸惊喜的表情,见小羊没有动,他很快就把小羊抱住了,笑得咯咯响。

可是呼和却紧紧缩在都贵玛怀里,只是笑眯眯地看着那些小羊……

"我的呼和,你应该更胆大一些!"都贵玛鼓励他。

终于，呼和也勇敢地把小手放在了小羊身上。

"呀……"他先是大叫一声，然后就嘿嘿地笑了。

风很冷，很硬，小羊却是那么温暖、那么柔软。

孩子们抚摸着小羊，也都真切地感受到了草原的心跳，感受到了草原的温暖……

就这样，当孩子们重新上车后，他们对草原都有了不一样的感情。

"圆心"额吉

一顶硕大的蒙古包里，摆放着一张大床和二十七张小床，这就是脑木更苏木保育院了。

本来，工作人员是把那些小床一张张整整齐齐地排在一起的。都贵玛一看，说："这样好看是好看了，可是，夜里不方便我照顾小宝贝们啊！我要把它们挪一挪！"

说着，都贵玛不顾旅途劳累，扎紧头巾，撸起袖子，立马开始重新摆保育院的小床。她把自己的大床放在正中间，以此为中心，在四周一圈圈地摆上孩子们的小床，最小的孩子最贴近她。

工作人员看不懂她这样布置小床的意图，忍不住问道："为什么要孩子们把你围在中间？"

"我把自己的床放在中间,把自己当成'圆心',是为了更好地照顾小宝贝们啊!你看,孩子们围着我,无论谁哭了,我都可以最快地赶到他们身边。"

"哇,你连这点时间也抢啊!像刚才那样的摆法,你要从自己床上爬起来去哄他们,也晚不了几秒钟嘛!"工作人员感叹。

"孩子一哭,我恨不得一秒钟就飞到他们身边!"都贵玛说。

"你呀,比很多当额吉的人更像这些孩子的额吉!"工作人员更感慨了。

"他们就是我的亲孩子啊!"都贵玛自豪地说。

"没想到,你一个小姑娘,在四子王旗保育院待了四个多月,完全变成熟了啊!"工作人员越发感慨了。

"那当然,孩子们把我变成了一个好额吉!"都贵玛自豪地回答。

很快,夕阳便将草原上的残雪映红了。冰雪消融的地方,露出了一片片枯草。那枯草也被晚霞映得像红铜似的,在风中哗哗地抖动,抖出一曲铿锵的音乐。

都贵玛在蒙古包里忙碌着。她从自己家里拿来了白糖,给每个孩子的牛奶里都加了一些。

当孩子们喝上热乎乎的甜牛奶时,高兴得直叫:"甜的!""好甜!""又香又甜哪!""好喝!""太好喝啦!"

看孩子们那么高兴,都贵玛舔舔自己的嘴唇,仿佛她也喝到了那香甜的牛奶——那包糖,可是她珍藏了好久也舍不得吃的"宝贝",她从来没舍得把糖加进牛奶里自己喝。可现在,她却把糖毫无保留地送给了"国家的孩子"。看孩子们那么开心,都贵玛的心里好甜好甜啊!

入夜了,蒙古包外寒风呼啸。

但蒙古包里,燃着火炉,还飘荡着都贵玛和孩子们的笑声。孩子们躺在各自的小床上,听都贵玛讲故事。

孩子们都忘记了自己是孤儿,在他们心里,都贵玛就是他们的亲人,就是他们的"额吉"……

不久,孩子们陆陆续续睡着了。查干巴特尔还在梦中发出了一串笑声。突然,巴图斯楞哭了,都贵玛连忙从自己的床上爬起来,去哄巴图斯楞。这边还没哄好呢,那边宝德也哭了,一时间,好几个孩子都哭了起来。

原来,蒙古包外的风太大了,像虎狼在嗥叫。

巴图斯楞哭着说:"我怕!"宝德也说怕,好几个孩子都开始害怕。

这下,都贵玛可忙坏了,她把哭泣的孩子一个个全抱到自己的大床上,给他们唱起了蒙古族的英雄之歌。

北山上呼啸的是白斑猛虎,建设人类文明的是英雄的蒙古。南山上呼啸的是黄斑猛虎,创造人类幸福的是英雄的蒙古……

唱着唱着,孩子们慢慢平静下来。

都贵玛那温暖的笑容,那充满爱的歌声,让孩子们感觉有了无限的依靠。终于,孩子们再次进入了梦乡……

第二天,刚刚学会走路的呼和,竟然举着双手,摇摇晃晃地扑进都贵玛怀里,轻柔又清晰地喊了她一声："额吉！"

"额吉"这个称呼，就是蒙古语"妈妈"的意思。平生第一次听孩子这么叫自己，都贵玛的心不禁一颤，整个人都感动得抖了一下。她紧紧抱着小呼和，泪水一下子盈满了眼眶。她把眼泪擦了擦，问呼和："我的呼和，刚才你叫我什么？"

"额吉，额吉！"呼和又连着叫了她两声，这下，都贵玛彻底听清楚了。

"哎！"她一边答应着，一边捧着呼和的小脸蛋使劲亲了起来，心里像一条蜜河涨了潮。

看都贵玛那么开心，有好几个孩子也冲上来，抱着都贵玛，冲她喊出了第一声"额吉"。

"额吉！""额吉！""额吉！"听着孩子们一声声呼唤，都贵玛顿时觉得，她所有的辛苦，所有的付出，都是值得的。呼和和其他二十六个孩子，全是她的心肝宝贝，全是她最爱的儿子和女儿……

"走，孩子们，额吉带你们去坐勒勒车！"都贵玛把孩子们带出蒙古包，坐上了一辆很大的勒勒车。

老牛不紧不慢地拉着勒勒车，朝杜尔伯特草原

"圆心"额吉 87

深处走去。

"牛牛,牛牛!"女孩斯日巴勒很喜欢拉车的大黄牛,兴奋地指着牛儿大叫。

达来有点怕牛,他指着尖尖的牛角躲进了都贵玛的怀里,说:"额吉,你看,牛角尖得像刀!怕!"

"我的达来,牛是最温顺的动物,别怕!你看牛的眼睛,多友善啊!有牛牛拉着咱们的勒勒车,走到天涯海角你都不用怕!"都贵玛温柔地安慰着达来。达来不再怕牛了,还冲牛儿大喊了一声:"勒……"

惹得勒勒车上的孩子们都笑了起来。

勒勒车继续不疾不徐地行进在草原上。

初春的草原,虽然还一片萧索,一片枯黄,可是,在草原的一个水洼里,却长着一片金色的芦苇。它们的花经过冰雪的雕刻,每一簇都像是金子铸成的,闪着灿灿光芒,特别美。

"来,宝贝们,我去采些芦花,给你们做花环!"

都贵玛采来一把把芦花,编成一个个花环,给一个个女孩男孩戴上，孩子们的笑声简直要把勒勒车都给抬起来了。

"谢谢额吉！""谢谢额吉！"听孩子们七嘴八舌地感谢着自己，都贵玛笑着嗔怪道："我是你们的额吉呀，谢什么！"但她心里的快乐却如芦絮满天飞。

虽然都贵玛每天都是一身奶渍、尿渍，只能围着孩子转，每夜还都不能安稳睡觉，但她觉得很值得，因为她提前体会到了当额吉的幸福！

额吉，这是世界上最甜蜜的称呼啊！

都贵玛的额吉在她七岁时就去世了，给她留下了无尽的思念之痛，留下了再也不能喊"额吉"的深深遗憾，因此，她格外珍惜这些"国家的孩子"冲她喊出的每一声"额吉"。

这一声声"额吉"，就是孩子们颁给她的最美勋章！

风雪夜送医路

天气晴好的时候，都贵玛常带着孩子在蒙古包外做游戏。她最喜欢跟孩子们玩"老鹰抓小鸡"的游戏，每次，她都喜欢做鸡妈妈。

"额吉，额吉，老鹰来抓我们啦！快逃！"她喜欢听"小鸡宝宝"们一声声这样呼唤着她。孩子们那稚嫩、甜蜜的呼唤，就像草籽儿、花籽儿，能在她心上发出芽来，长出叶来，开出花来，滋养她的灵魂。在孩子们一声声呼唤中，她会快乐地打开双手，化身为一个称职的"鸡妈妈"，带着孩子们东奔西跑，努力躲避着"老鹰"的袭击，气得"老鹰"哇哇大叫，乐得"小鸡"哈哈大笑。

做额吉多幸福啊！孩子们的笑声，就是杜尔伯特草原上最悠扬的琴声，就是杜尔伯特草原上最清脆的鸟语，都贵玛百听不厌……

不过，毕竟孩子多，早春的气候又阴晴不定，孩子们有个头痛脑热也是常事。这时，年轻的都贵玛额吉，就会不眠不休地守护着生病的孩子。

这天夜里，草原上下起了纷纷扬扬的春雪，气温骤降。体格最弱的呼和感冒了，发高烧，额头烫得像煨红的小烙铁。都贵玛连忙喊来邻居帮忙照看其他孩子，自己急匆匆给呼和套上皮袍，把他小心地绑在胸前，骑上马就往几十里路外的医院奔去。

大雪纷飞，草原在夜里发着幽蓝的光。很快，都贵玛就成了一个雪人。呼啸的狂风似狼嗥，似虎啸，一直围着都贵玛打转。都贵玛紧紧抓着缰绳，牢牢护着胸口的呼和，艰难地在暴风雪中行进着。

风大得几乎把马都要吹倒了，一不小心，都贵玛被大风刮下了马背，可她人落在地上，还弓着身子，小心地护着怀中的孩子。

"喝！"她喝住马儿，靠着雪堆，想避一下风雪，稍稍休息一下再走。可是，远远传来了狼嗥声："嗷……嗷……嗷……"

"啊，有狼，还不止一头！"都贵玛吓得一阵哆嗦。

但她赶紧镇定了下来，趁着狼群还没有靠近，就飞快跃上马背，策马奔跑起来。

"哇……"被高烧折磨得昏昏入睡的小呼和，听见狼嗥声，被吓醒哭了起来。

"宝贝，别怕，有额吉在，别怕！额吉带着马棒的，别怕！"都贵玛一边低头亲吻着呼和，一边继续策马狂奔。

这时，狼群似乎发现了风中有人的气息，"嗷……""嗷……""嗷……"嗥叫声越逼越近。

都贵玛一边大声吆喝着马儿，顶着大风大雪，拼命向前奔跑，一边使劲摇晃着手电筒，用那晃动的光束震慑远处的狼群。

可是，暴风雪中的饿狼岂是手电筒光能吓退的？

狼嗥声越传越近，马儿吓得直打趔趄。

呼和更是吓得声嘶力竭地大哭起来。

"别哭，别怕，恶狼伤不了你的，它们要想吃了你，除非先把我撕碎！"

风雪夜送医路

都贵玛一边安慰着小呼和，一边狠下心，抡圆了马鞭，朝心爱的马儿狠狠抽去。马儿痛得紧，使出吃奶的劲儿，顶风冒雪，在茫茫草原上狂奔起来……

"嗷……""嗷……""嗷……"狼群还在雪地里咆哮，但声音已经渐渐远去，马儿越驰越勇，终于把都贵玛和小呼和带离了狼群的威胁。

当医院的灯光映入都贵玛的眼帘时，她的泪水不禁夺眶而出。毕竟，她自己还是个少女啊，刚才差点遇到狼群的袭击，她怎能不害怕呢？

"小呼和，我们终于平安到医院啦！"她兴奋地朝呼和喊道，同时，眼泪吧嗒吧嗒掉到了呼和的小脸蛋上。

"医生，医生，快救救我的孩子！"一跑进医院，都贵玛就大声呼喊起来，这时呼和已经陷入了昏迷。

"来啦，来啦，快，把孩子给我们！"值夜班的医护人员见门外突然滚进来一个雪人，先是吓了一跳，但很快就认出了这是都贵玛，因为深夜带着孩子来求医，对都贵玛来说，已不是一次两次了，

风雪夜送医路

医院里的人都认识这个特殊的母亲。

"医生，请救救我的孩子，我的孩子！"都贵玛把呼和交给医生后，自己突然一个趔趄，猛地朝后倒去。

由于紧张过度，劳累过度，都贵玛自己也晕倒了。

幸好这是在医院里，经过医生的急救，她很快就醒来了。不过，小小的呼和还烧得迷迷糊糊的，医生说他患上了急性肺炎。

"额吉，额吉……"只听呼和在昏迷中还在轻轻呼唤着都贵玛。

都贵玛趴在呼和的病床前，心疼的泪水，把呼和的被子都打湿了一片。

"都贵玛小额吉，这孩子跟着你真是太幸运了。幸好你送医及时啊，没有你，这孩子就不能活啦！"医生感动地对都贵玛说。

"刚才来的路上，我们差点被狼群追上呢！"都贵玛心有余悸地回答。

"啊，你们刚才还受到了狼群的追赶！太可怕了！你也太了不起了，都贵玛，你真是我们杜尔伯特草原上最善良、最勇敢的姑娘，也是我们杜尔伯特草原上最无私、最伟大的母亲！"医生由衷地夸道。

"不，不，不，我只是做了我该做的！"都贵玛脸红了，她羞涩地低下头去，就像草原上最谦逊的一株含羞草……

这株含羞草，就这样，用自己的生命呵护着"国家的孩子"。没有一个孩子因病夭折，没有一个孩子落下残疾，这在当时医疗条件那么差的杜尔伯特草原上，简直是一个奇迹。

终于，风雪过后，暖春来临了，草原一日日变绿了。美丽的花儿，就像泉水泡儿，不断地从地底下涌出来。它们给草原披上了一件锦绣披风，也给孩子们带来了更多笑声。都贵玛常带孩子们去蒙古包外采野花。

野花采回来，都贵玛还教孩子们把花儿沿着蒙古包一枝枝插起来。啊！这下，蒙古包内外全是鲜花，蒙古包成了一个美丽的大花环。蒙古包洁白如云，鲜花五彩缤纷，远远望去，又像扣在大地上的一顶花毡帽。

孩子们在这个大花环旁,在这顶大毡帽下,笑啊,闹啊,快乐得如一只只画眉鸟。

都贵玛又从家里给孩子们带来黄油、酸奶、糖块,给孩子做好吃的,增加营养。还从家里带来小羊、小马,做孩子们的"活动大玩具"。孩子们吃得好,玩得欢,就跟草原上的百草一样,一日比一日更加生机勃勃。这下,连呼和也变健壮了。

"我实现了周总理的嘱托:接一个,活一个,壮一个!"都贵玛自豪地说。

可是,把孩子们养壮了,都贵玛跟孩子们分离的日子也来临了。保育员的工作,就是负责把孩子养结实,然后,再送给没有子女的草原牧民去养育。

骨肉分离之痛

一转眼,多半年过去了。草原上的花儿,从春天开到秋天,仿佛开进了孩子们那亮晶晶的眼睛里,开到孩子们那红彤彤的小脸蛋上,开到了孩子们那朗朗的笑声里。

可是,与孩子们分离的日子也越来越近了。根据政策,没有孩子的牧民,可以到保育院来领养孩子。

杜尔伯特草原开始沸腾了。牧民们有事没事总爱骑着马,骑着骆驼,到保育院来走一走,看一看孩子。

"这些孩子多俊呀!"

"瞧这群'小马',多欢实!"

"哎呀,草原上最美的花也没有这些孩子好看呀!"

"都贵玛把他们养得太好啦!"

"要是我们也能领一个回家就好啦!"

……

大家都很喜欢这些孩子。许多人急切地想领孩子回家。

草原在笑,可都贵玛的心里却已泣不成声!

"都贵玛,你跟我们说说,要领养'国家的孩子',需要什么条件?"牧民们常向她这么打听。

"别问我,我不知道!"都贵玛对谁都没好气,因为想到孩子们要被大家领走,她的心都要碎了。

"都贵玛,你这态度可不对。"主任批评她,"牧民们来领养孩子,也是为国家分忧啊!这些孩子最好的出路,还是得去牧民家里生活啊!"

"道理我都懂,可是我舍不得,我带他们带了十个多月啦,他们都是我的亲孩子!换了您,您舍得把他们送给别人吗?"都贵玛带着情绪,伤心地回道。

"这些孩子,难道是你一个人的孩子吗?"主任开导她,"他们也像我的孩子啊,我也舍不得,真心舍不得!但你既然说自己是他们的额吉,这世界上有哪个额吉,不希望自己的孩子过上好日子呢?!只有去牧民家,成为牧民的亲孩子,才是他们最好的出路!"

"那……他们来领养孩子,总要有条件吧!"

"当然,这条件就是来领养孩子的人家最好没有自己的孩子,而且家里最起码得有一头奶牛,可以让孩子喝上牛奶!"

"好!以后我会跟他们好好解释的。但来领养孩子的人家,能不能也让我看看?看看他们对孩子好不好,可以吗?毕竟,这些孩子,可是我带了十个多月的孩子啊!"

"这个是应该的,我答应你,领养孩子的家庭,你可以参与考察,得经过你认可。即使领走后,你也可以去监督他们!"主任深知都贵玛是个认真的人,富有责任心,对孩子的爱像大海一样深沉,所以很愿意让她来给领养孩子的家庭把把关。

这天,有一对红格尔苏木的牧民夫妻来到了脑木更苏木保育院。他们相中了个子高挑、长相清

骨肉分离之痛　　101

秀、一脸机灵的宝德，想把宝德领回家。

都贵玛一听就红了眼圈："这丫头可乖巧呢！跟我可亲呢！我舍不得啊！"

"舍不得也要放手！"主任严肃地对都贵玛说。

都贵玛哭了。她哭着问那对牧民夫妇："你们有奶牛吗？"

"有啊，我把结婚时的首饰卖了，买回了一头奶牛！"女牧民说着，恳切地抓住了都贵玛的手，"我知道你舍不得这孩子，我保证会对她好的，一定比对待亲生的女儿还亲，你放心！"

都贵玛含泪点点头。

她被牧民大姐那句卖掉结婚首饰买回奶牛的话感动了。

可是，答应了要放手，她却扑过去把宝德紧紧地搂在怀里，眼泪在她脸颊上冲出了两条奔腾的小溪。

"额吉，你别哭！额吉，你别哭！"宝德轻轻安慰着都贵玛，不断用小手为她抹着眼泪，但她眼中的"小溪水"还是源源不断地流下来。

最后，她一把放开宝德，在草原上狂奔出四五里路，眼泪依然收不住……

等她回来，宝德的小床已经空了。主任送走了宝德。宝德有了新的父母，到红格尔苏木去生活了。

都贵玛失魂落魄地坐在宝德的空床上，想起在四子王旗就被领走的"小太阳"孙保卫，她的伤感，变成了双倍。于是，她又跑出蒙古包，一个人在野地里痛哭了一场，这才走回保育院的蒙古包，去照顾其他孩子。

这天，呼和也被一对牧民夫妇看中了。

这对牧民夫妇，为了买奶牛，把家里的一匹骏马给卖了。

别的牧民来领养孩子，一般都选中最健壮的孩子。可这对牧民，却被呼和那斯斯文文的样子、柔柔软软的微笑征服了。

呼和虽然跟别的孩子比要瘦小一些，但他待人特别随和，眼神格外温顺，所以养父母一眼就相中了他。

对于呼和，都贵玛是最舍不得的。一次次抱他去医院，雪夜里还差点被狼群追上。平时呼和也最黏她。第一个喊她额吉的人，喊她额吉最多的人，就是这个小宝贝啊！

但是，都贵玛知道自己不可能把他留下来，只好反反复复跟那对牧民夫妇叮嘱道："我的呼和肠胃不好，你们给他喂奶的时候，要兑些水。他喜欢吃肉，可一次不能给他吃太多……"

二十岁的都贵玛一边流泪，一边跟那对牧民夫妇交代着照顾呼和的各种注意事项。

根据草原上的风俗，前来领养孩子的人，必须给孩子带一套崭新的衣服，由领养者给孩子穿上新上衣、新裤子、新靴子、新蒙古袍才能出门，表示这孩子获得了新生。

趁着养父母给呼和换衣服的时候，都贵玛赶紧骑上马，逃到了蒙古包后面远远的小山坡上。她不愿意眼睁睁看着她的呼和被人领走，所以躲了起来，直到晚霞烧红了天边，她才流着泪回到她和孩子们的蒙古包。

"额吉，额吉，你哭了？"这时，扎拉嘎木吉跑过来，轻轻摸着都贵玛的眼睛说，"额吉不要哭，你还有我们哪！"

看着懂事的扎拉嘎木吉，再看看其他孩子，想着他们一个个最后全都会离开自己，都贵玛又忍不住大哭起来。

就这样，二十八个"国家的孩子"，让都贵玛额吉经历了二十八次骨肉分离，都贵玛的心被生生撕碎了二十八次。

"那时，每被别人领走一个孩子，蒙古包里的小床就空出一张，我的心就空出了一块，我简直痛苦得要疯掉了！"如今已经年过八旬的都贵玛，每每回忆起与二十八个孩子分离时的往事，眼里依然有不舍的泪光在闪动。

送出去又接回来的孩子

孩子们被送走之后,都贵玛常常去看他们。

有的孩子离她远,有的孩子离她近。无论远近,她都会骑着马,悄悄跑过去,只为了默默地望上他们一眼,看孩子们是不是适应新家,看他们的养父母是不是慈爱,看那一个个小马、小羊般可爱的孩子是不是健康。

这天,她又骑着马去偷看她的扎拉嘎木吉了。他是最后一个被送走的孩子,跟了她两年多呢,她对他特别不放心。

没想到,才四岁多的扎拉嘎木吉居然独自在蒙古包外捡牛粪。

扎拉嘎木吉虽然个子不矮,可毕竟年纪小,力气弱呀！他被牛粪筐压得东倒西歪，小手冻得通红，还长满了冻疮，像胀鼓鼓的红萝卜。都贵玛一见之下，泪如泉涌，她立刻跳下马，朝扎拉嘎木吉跑了过去，双手一搂，把孩子紧紧抱在怀里，大踏步冲进了他养父母的蒙古包。

没想到，扎拉嘎木吉的养父竟然躺在蒙古包里喝酒。高高大大的一个壮汉，喝得醉醺醺的，见了都贵玛，还说："你怎么又来了？扎拉嘎木吉可是我的儿子，轮不到你多管闲事！"

"你……你……"都贵玛气得浑身发抖，她说，"我不跟你说，叫你老婆跟我说。你老婆呢？"

"她去挤牛奶啦！你谁也不用说，扎拉嘎木吉现在是我儿子，我们会管好他的，你走吧！"

"好，我走！可我要把孩子也带走！"都贵玛冲那醉汉大吼，"你让这么小的孩子一个人干重活儿，你不怕狼来把他叼走吗？你的良心呢？告诉你，孩子我带走了，他是'国家的孩子'，我决不能让他受委屈！"

说完，都贵玛把扎拉嘎木吉抱上马背，骑上马，飞快地朝自己的蒙古包奔去。

"谢谢额吉！我太想你啦，以后我再也不要离开你啦！"马背上，扎拉嘎木吉紧紧依偎着都贵玛，奶声奶气地跟她道谢，并大声宣布，"以后，我真的再也不要离开你啦，额吉！"

"嗯，以后咱们再也不分离！"都贵玛哽咽道。

回家后，都贵玛立刻带着扎拉嘎木吉找到主任，说："这孩子在养父母家捡牛粪，那个男人就知道自己喝酒，根本不关心扎拉嘎木吉。我把孩子带回来了，以后，我自己养他，再也不跟他分开了！我决不会让他受委屈的！"

"可你还没结婚哪！不行，我帮他再找个好人家吧！"

"我宁愿不结婚，也舍不得跟我的宝贝分开！"都贵玛含泪说道。

"这样吧，咱们给他找一户离你近些的人家，我保证，这次一定给他找个好人家！"

"好吧，那您慢慢找，好好找！一定要为扎拉嘎木吉找一个真正的好人家！"

六个月后，经过多方打听，主任终于又为扎拉嘎木吉找到了一对养父母。

离开的那天，扎拉嘎木吉哭了："都贵玛额吉，你为什么又不要我啦？呜呜呜……"

"不是她不要你，而是我希望你有个更好的新家！扎拉嘎木吉，你是草原上的男子汉，你要心疼你的都贵玛额吉，她自己还没有成家，她得有自己的生活啊！"主任耐心地跟扎拉嘎木吉解释。

扎拉嘎木吉听不懂大道理，只是哭。

都贵玛哭得更惨。

"扎拉嘎木吉，别哭啦！我就问你，你爱不爱你的都贵玛额吉？你希不希望看到她做新娘子？"主任问扎拉嘎木吉。

"我爱她，我想看到她做新娘子……"

"那你就要去你的新家，这样，都贵玛额吉才能做新娘子。你放心，她还是你的好额吉，她会来看你的！我保证！她天天都会来看你的！来，我们来拉钩！"主任说着，伸出小拇指，与扎拉嘎木吉郑重其事地拉了钩。

就这样，扎拉嘎木吉再一次离开了都贵玛，住进了新的养父母的蒙古包。

果然，都贵玛每天都会去看扎拉嘎木吉。她一次又一次地探视，直到确信这对新的养父母确实是真心实意地爱护着扎拉嘎木吉时，都贵玛才彻底放下心来。

一天天，一月月，一年年，扎拉嘎木吉和养父母幸福地生活在一起。他十岁生日那天，扎拉嘎木吉的养父母把都贵玛请到他们家去吃饭，扎拉嘎木吉才想起他的第一个草原额吉，是都贵玛，而不是他的养母。

扎拉嘎木吉很感谢都贵玛对他的养育之恩，自从十岁生日以后，他就隔三岔五骑着马儿去看望他的都贵玛额吉，都贵玛也一直关心着他。一转眼，整整六十年过去了，都贵玛和扎拉嘎木吉的母子情，从来就没有断过。

当年的扎拉嘎木吉，如今自己都做了外公，可他和都贵玛额吉的感情还像小时候一样亲。这不，这天他又为都贵玛额吉送来了一大袋土豆。

走不完的草原，说不完的故事，山山水水倾诉着你的伟大。忘不了的恩情，离不开的亲人，那是我思念的阿妈。啊，草原母亲都贵玛，你让多少孤儿找到了家。草原额吉都贵玛，马头琴诉说着你的酸甜苦辣。

长不完的嫩草，开不完的鲜花，一草一木深情地把你牵挂。忘不了的骏马，离不开的故土，那是我永远的家。啊，草原母亲都贵玛，你把多少孤儿养育大，草原额吉都贵玛，蒙古包见证了你的苦乐年华！啊，草原母亲都贵玛，你把多少孤儿养育大，草原额吉都贵玛，蒙古包见证了你的苦乐年华！

悠扬的歌声，在内蒙古乌兰察布四子王旗的杜尔伯特草原上飘荡。

脸膛黑红、高大结实的扎拉嘎木吉，一边唱着歌，一边策马向一个洁白的蒙古包跑去。

来到蒙古包门前，他慢慢跳下马，一落地，就冲蒙古包大喊道："额吉，我的都贵玛额吉，我来啦！"

慈祥的都贵玛老妈妈，闻声笑着从蒙古包里迎了出来："扎拉嘎木吉，我的孩子，你来啦！"

"额吉，您好吗？这是我早上刚挖的土豆，给您拿了一点儿来！"扎拉嘎木吉说着，从马背上卸下一个麻袋，往肩上一扛，大踏步跨进了都贵玛老妈妈的蒙古包。

"扎拉嘎木吉，我的好孩子，你拿来的'一点儿'土豆有这么一大麻袋，实在是太多啦，我吃不完的呀！"

"没事，土豆又不容易坏，您慢慢吃！"扎拉嘎木吉憨憨一笑，说道。

"孩子，来，喝奶茶！喝奶茶！"都贵玛忙为扎拉嘎木吉斟上奶茶，还拿了一块牛肉干，亲手喂进扎拉嘎木吉的嘴里。

"额吉，小时候您这么喂我，我如今都六十多岁了，您还这么喂我……"扎拉嘎木吉感慨地说。

"你永远是我的小木吉！"都贵玛老妈妈伸手摸了摸扎拉嘎木吉圆圆的脑袋，笑道。

扎拉嘎木吉眼睛里一下子浮起了泪花："额吉，没有你，我可能就永远没有长大的机会啦！额吉，我太感激您的养育之恩啦！"

"傻孩子，额吉疼爱自己的孩子，那是天经地义的，说什么感谢的话呀！"都贵玛老妈妈说着，拍了拍扎拉嘎木吉厚实的肩膀，笑了，"当年你可瘦得像猫儿，现在却壮得像老虎！不过你也要注意锻炼身体，别让自己再胖下去啦！"

"好的，额吉！我确实太胖了，现在双腿活动都有点不方便啦！"扎拉嘎木吉话音未落，都贵玛就扑过来，帮他揉起了小腿，一边揉一边心疼地说："你这孩子，一定要保重身体呀！"

看着都贵玛额吉的动作，听着都贵玛额吉的嘱咐，扎拉嘎木吉满心感动，忍不住用手悄悄抹了一把眼泪。

他想起了自己的童年，都贵玛额吉对他的无尽爱意，想起了这一生，都贵玛额吉对他的无私帮助，这个看上去特别像蒙古族人的高大健硕的汉子，感恩的泪水一再涌出眼眶……

参加医术学习班

除了孙保卫,其他二十七个孩子,几乎都分散在杜尔伯特草原上的牧民家里。都贵玛常常骑着马,偷偷地去看他们。

孩子们一天天长大了。她去看他们时,更加注意保密和隐蔽了。她不想打扰他们的生活。她不希望孩子们知道她的存在,因为她希望这些孩子都觉得自己是养父母"亲生"的孩子。

"忘了我,忘得越干净越好!"一次次,她远远地望着她的那些孩子,一边流着思念之泪,一边暗暗祈祷。

她成功了,但这是多么伤感的成功啊!这个年轻的草原额吉,本来有二十八个孩子,现在全都

"彻底"地离开了她。

但她心里永远装着他们,而且,因为他们,她还把关注的目光投注到更多草原孩子的身上。

她发现,杜尔伯特草原上新生儿的出生率很低,不少产妇都因难产而死,因为当时的杜尔伯特草原地广人稀,交通不便,医疗条件十分落后。孕妇们生孩子,都好像去"鬼门关"走一遭,有些孩子顺顺利利生下来了,母子平安;有些孩子生下来了,母亲没能从"鬼门关"回来;还有些则母子都为此殒命。

当年,对"国家的孩子",我做到了"接一个,活一个,壮一个"。现在,我得为草原孩子、草原母亲们做点什么呀!都贵玛苦苦思索着。

一次,她成功给难产的母羊接生。她抱着那只新生的小羊,冒出一个大胆的想法:我既然能为难产的母羊接生,为什么不能给难产的姐妹接生呢?对,我要去学接生!

一九七四年,都贵玛光荣加入了中国共产党。这时,她心中的使命感更强烈了,学医的愿望也更炽烈了。恰好旗里办了一个医术学习班,她便不顾繁忙的牧活儿，报名参加了医术学习班，跟着妇产科医生学习接产技术及产科医学知识。

学医，对于只有小学文化的都贵玛来说，远比战暴雪、斗狂风、驱狼群更困难、更艰辛。但是，畏难不前不是都贵玛的性格，别人一天学会的东西，她就花费两天甚至更长的时间去掌握。

她白天在紧张地学习，夜里做梦依然在紧张地学习。那时，她和其他女学员住同一个蒙古包，她的同学们常常被她的梦呓惊醒，因为她常常在梦中大声地询问老师："产妇的羊水过少怎么办？""孩子要是脐带绕颈了怎么办？""产妇要是大出血怎么办？"

这都是她白天常追着老师询问的问题，听得同学们又好气又好笑又感动。

在学习班里，只要有机会，她都要缠着老师带她去接生，进行实际操作。

"你呀，真是个烦人精！"老师笑着说。

"我现在多烦您一点儿，以后我接生的产妇就少一点儿痛苦啊！"都贵玛认真地回答老师。

就这样，都贵玛把老师也感动了。

可都贵玛却觉得很抱歉,觉得自己打扰老师和同学太多了,所以,学习班里无论大事小事,她都抢着干。她既是班上的学习尖子,更是卫生标兵和助人为乐的模范生。

学习班结束后,无论是同学和老师,都舍不得与她分离。

老师送给她一个医药箱,恳切地对她说:"都贵玛,你有一双最勤奋的巧手,还有一颗最善良的心,你一定会给草原姐妹带去福音的!"

都贵玛没有辜负老师对她的期望。

她一边放牧一边坚持自学接产知识,还向方圆百公里内的妇产科大夫请教了个遍。只要听到哪里有技术高超的接生员在帮草原母亲接生,都贵玛都会骑上马,一路狂奔,前去观摩、学习,不管路途远近,不管天气好坏,不管身体多么疲惫。功夫不负有心人,经过多年的摸爬滚打,她逐步掌握了一套在简陋条件下接产的独特方法。

最初,大家对她这个"土郎中"并不太信任,没有多少产妇敢请她去接生。直到她凭自己的技术和智慧,拯救了产妇敖敦格日勒后,才被乡亲们接受。

事情发生在一九七五年的夏天。四子王旗脑木更苏木乌兰希热嘎查牧民敖敦格日勒临盆，肚子疼了一天一夜，还没能顺利生产。情况越来越危急，产妇敖敦格日勒已经没有多少力气了，剧烈的疼痛煎熬着她。她只是反复地呻吟着，恳求家人送她去医院："我要死了，送我去医院吧！送我去医院吧，我不想死啊！"

可是，医院远在一百公里之外，无论是用马车送，还是用骆驼送，都要两天才能送到。产妇哪能再经受这么长距离、长时间的颠簸啊！

情急之下，敖敦格日勒的妈妈突然想到了都贵玛。

"咱们苏木的都贵玛，去年秋天不是到旗里学过接生的吗？从旗里回来后，她也一直在到处拜师学接生，我去把都贵玛请来吧！"敖敦格日勒的妈妈跟敖敦格日勒的丈夫说道。

"她行吗？这可是两条人命的事啊！"敖敦格日勒的丈夫急得满头大汗，却搓着手，犹豫着，怕都贵玛不仅不能救他的妻儿，反而会害了他们。

"女婿，没办法啦，再不去喊她，我女儿就没救了。不管如何，我不能眼看着我的孩子、我的外孙死掉啊！"敖敦格日勒的妈妈哭喊着。

"好，我去，我去！"敖敦格日勒的丈夫也哭了，他骑上马，朝都贵玛家飞驰而去。

当时，都贵玛正在牛棚里挤牛奶。见敖敦格日勒的丈夫来邀请她，她连忙站了起来，把牛奶桶都打翻了，根本顾不得收拾，骑上马就朝敖敦格日勒家冲去。

经过仔细检查，都贵玛对敖敦格日勒说："你是胎位不正，孩子的屁股在下面，腿在上面。我需要将手伸进去帮一下你孩子，你要忍住痛啊！你也要配合我，注意放松，注意呼吸节奏，不要害怕……"

敖敦格日勒朝都贵玛点点头。

都贵玛给自己的双手消过毒后，便冷静又紧张地忙碌开了……

十分钟过去了，二十分钟过去了，半个小时过去了，孩子还没有出来，而敖敦格日勒疼痛的惨叫声越来越凄厉。

敖敦格日勒的丈夫受不了了,他扑过去愤怒地责问都贵玛:"你到底会不会接生?你不会弄赶快给我离开,别再浪费我们的时间……"

"快了,孩子的头已经出来了。"只听都贵玛平静地说道。

果然,没几分钟,敖敦格日勒的蒙古包里,就传出了婴儿哇哇的哭声。

"是个女孩,母女平安,恭喜恭喜!"都贵玛高兴地托起女婴,把她放在敖敦格日勒的丈夫手上。那男人看见女儿的第一眼,竟哭出了声。

他左手抱着孩子,右手按在胸前,头颅前倾,激动地跟都贵玛行了个鞠躬礼,说:"谢谢你,谢谢你救了我老婆和女儿两条命!太感谢啦!我一辈子都不会忘了你的大恩大德的!"

"不用谢。我学接生,正是为了能有机会帮助我的草原姐妹,帮咱们草原迎接新生命啊!"都贵玛疲惫地抹抹满额头的汗珠,看看孩子,又看看孩子的母亲,欣慰地笑了。

这是都贵玛第一次让家乡的百姓见识到她的医术。从那以后,找她接生的人就越来越多了。在十

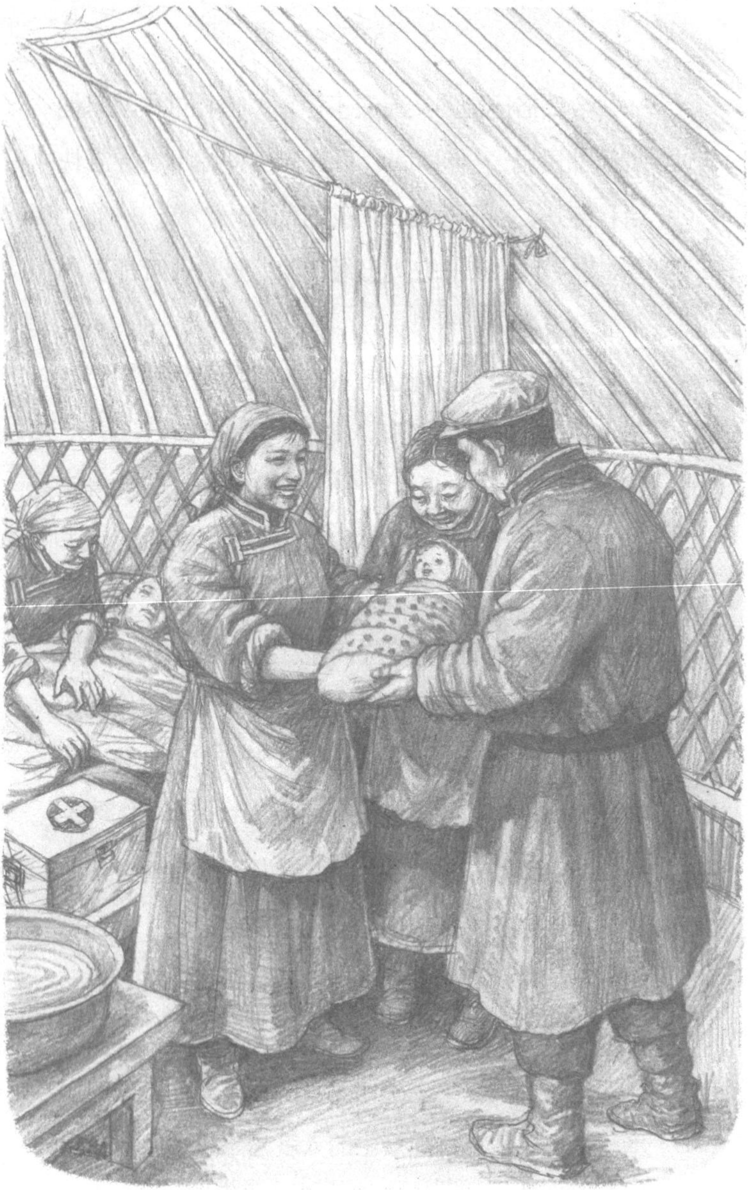

几年时间里，都贵玛挽救了四十多个产妇的生命，一时间，她成了杜尔伯特草原孩子们共同的额吉。

扎拉嘎木吉的三女儿胡日其其格就是她接生的。现在，胡日其其格已经三十五岁了，说起她的都贵玛奶奶，胡日其其格跟她爸爸扎拉嘎木吉一样，常常忍不住眼含泪花："没有她，我爸爸也许活不到成年吧！没有她，我也不可能顺利出生！她老人家，可是我们家两代人的大恩人！"

"是你们给了我更多的幸福啊，傻孩子！你们常常来看我，你们的笑容，就是我心目中最美的花！"说起"国家的孩子"，说起"国家的孩子"的孩子，都贵玛眼里，永远都有无限的柔情、无尽的爱意。

都贵玛一直在杜尔伯特大草原上尽职尽责地履行着产科大夫的职责，直到二十世纪九十年代，牧区医疗和交通条件改善，牧民产妇能到更专业的医院接受诊疗，都贵玛才停止了下乡接产工作。

都贵玛的药箱，在多年的下乡接产中早已掉皮磨损，但她一直舍不得换，她说："这是我的老师送给我的，接过药箱，我就接过了守护牧区产妇的使命。"

二〇一六年,都贵玛把这个见证了四十多个孩子诞生的药箱,送给了四子王旗蒙中医院的玛希毕力格医生。

回忆起都贵玛赠送药箱的那一幕,玛希毕力格医生说:"当时药箱上铺着蓝色哈达,哈达上放着一盒火柴。额吉说,这是我的老师送给我的,现在我送给你,这不仅仅是我们草原医生的薪火相传,更是责任的传递。"

"国家的孩子"回来了

二〇〇六年,恰逢乌兰夫同志诞辰一百周年纪念,巴图那森与孙保卫联系,说想组织当年的"国家的孩子"们回杜尔伯特大草原去看看他们的草原额吉都贵玛。

"好啊,好啊!"孙保卫激动地答应了。

曾经,孙保卫是都贵玛最喜欢的"小太阳"。可小时候,他从来不知道自己是上海孤儿,是"国家的孩子",更不知道他还有个草原额吉,叫都贵玛。

当他知道自己的真实身份后,泪如雨下。他想起一直以来养父母给他的亲子之爱,感动得哭了;他得知当年都贵玛曾为他付出的无私之爱,感动得哭了；他得知国家曾给予他那么深厚的恩情，感动得哭了。

想见见都贵玛额吉，这是他藏在心里很多年的愿望。

现在，巴图那森的提议，把他的心火点燃了。这把心火，烧得他坐立不安，恨不得早一秒钟见到都贵玛额吉。他跟巴图那森一样，成了这二十八个"国家的孩子"中的积极联络员。

可惜，就是在这次联络过程中，孙保卫和巴图那森得知，当年那个最喜欢黏着都贵玛额吉的呼和已经去世了。二十八个兄弟姐妹，永远缺了一个……

二〇〇六年盛夏的一天，巴图那森领着孙保卫一行二十几人，驾着车，浩浩荡荡地来到脑木更苏木，去看他们亲爱的都贵玛额吉。

草原上地势广阔，视野辽阔。远远地、远远地，大家就看见了一顶洁白的蒙古包，蒙古包前，飘动着一条鲜黄色的头巾。

一看见那条黄头巾，巴图那森的眼睛就湿润了。他跟孙保卫说："我被我的牧民养父领走的时候还太小,不大记事。但我一直记得,在我幼年的岁月里,有条温暖的黄头巾,一直在飘啊飘。这黄头巾下的面容我记不清了,却记得黄头巾下的那个人,笑容是那么温柔、灿烂,对我们的态度是那么温和、亲切。啊,记忆里的黄头巾,原来就是我们都贵玛额吉的黄头巾啊!"

说话间,黄头巾已经越飘越近了,因为车子已经来到了都贵玛额吉的蒙古包前。

当"国家的孩子"们一个个下车走向都贵玛额吉的时候,都贵玛满脸都是灿烂的笑容,可眼里又噙满了泪花。她站在蒙古包前,草原上的风把她的黄头巾吹得呼啦啦响,她的白发也跟着飘了起来。淳朴善良的她,颤巍巍地迎上来,一个一个,紧紧拉着孩子们的手,也说不来什么客套话,只是发自肺腑地跟孩子们喃喃低语:"孩子,你们回来啦!终于回来啦!"

然后,她就用一双骨骼粗大、骨节变形的手,一再抹去眼角的泪花……

这些孩子,她牵挂了半个世纪,现在,总算回家了。

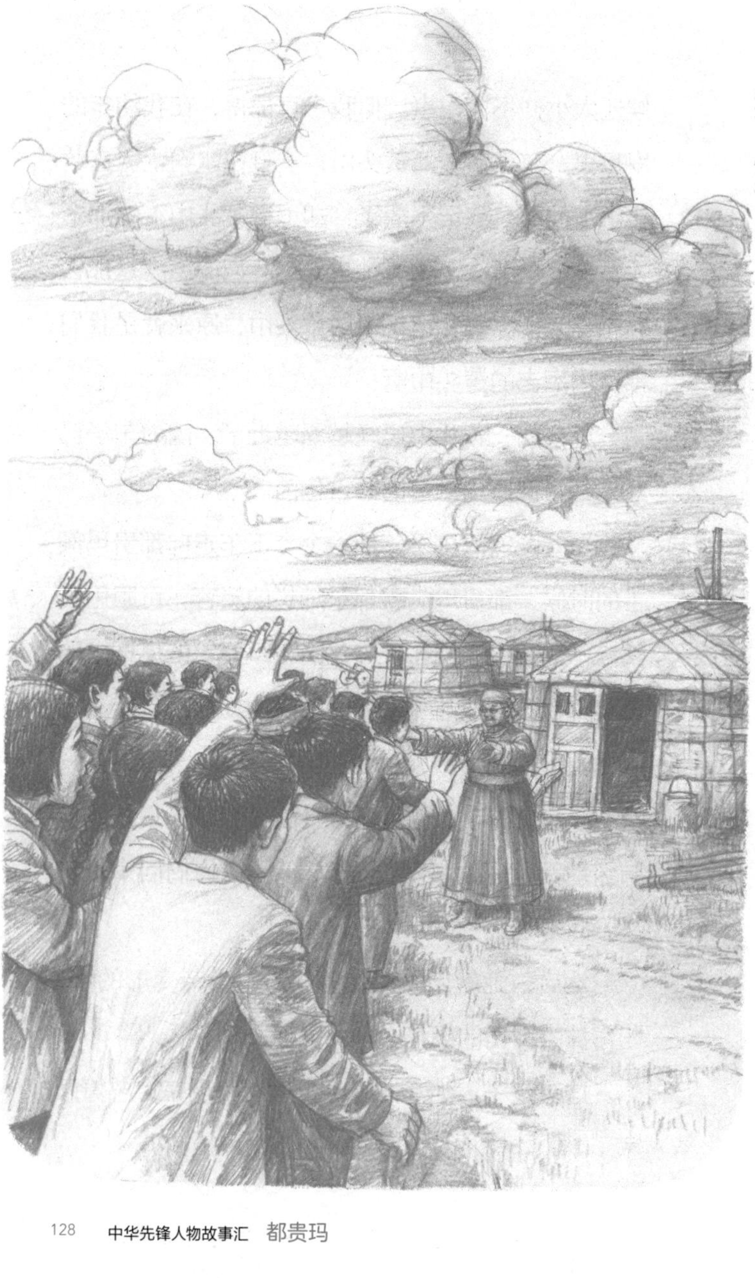

她把孩子们迎进蒙古包，拿出手把肉，迫不及待地喂进一个个孩子嘴里，仿佛他们依然是当年那些嗷嗷待哺的婴幼儿，生怕喂慢了，孩子们要哭；唯恐落下一个孩子，让那孩子受委屈。

嚼着老额吉喂进嘴里的手把肉，孩子们都用手悄悄抹去自己眼角的泪花。

这深藏了半个世纪的母爱，把每个人都感动了。

达丽玛是二十八个孩子中年龄最大的。当都贵玛额吉将手把肉送进她嘴里的时候，她一把将老额吉粗糙的大手抱住了，说："那时我虽然小，却记住了您的这双手，一次次给小弟弟小妹妹们换尿布，一次次扫雪破冰帮我们洗衣服，一次次帮我们擦去委屈的泪花，一口口喂我们喝牛奶、吃馒头，一夜夜帮我们盖被子，一日日帮我们穿衣梳洗，那时你虽然只是一个十九岁的大姐姐，却是我们最亲最好的额吉，我永远也忘不了您的恩情！"

达丽玛的话，把她自己说哭了，把都贵玛说得连连抹泪，也把所有人说得热泪盈眶。

都贵玛，是他们的第一个草原额吉，她的恩情，"国家的孩子"们永远铭记在心！

终于来到了北京天安门

都贵玛的事迹,不仅感动了她养育过的"国家的孩子",感动了杜尔伯特草原上的牧民,也感动了全国人民。

都贵玛虽然是个小草一样淳朴的牧民,不善言辞,默默无闻,可她对"国家的孩子"的爱,对草原姐妹的爱,却为普普通通的她赢得了许许多多的荣誉。

一九七七年,她被评为旗级妇女先进生产者。一九七八年,她先后被评为乌兰察布盟妇女先进生产者、内蒙古自治区妇女先进生产者。一九七九年,她第一次被评为全国三八红旗手。一九八三年,她再次被评为全国三八红旗手,出席了中国妇女第五次全国代表大会，受到党中央、国务院领导的亲切接见。

她是四子王旗、乌兰察布盟的劳动模范，是四子王旗的优秀政协委员，是内蒙古自治区的人大代表，被授予"全国民族团结进步模范个人"荣誉称号、首届内蒙古"感动草原——十杰母亲"荣誉称号，被评为内蒙古自治区首届感动内蒙古人物，等等。

二〇二一年五月二十一日，上海市十五届人大常委会第三十一次会议全票通过相关议案，决定授予都贵玛同志"上海市荣誉市民"称号。六月二日，上海市委书记赶到都贵玛老额吉家里，为她送上了"上海市荣誉市民"的证章、证书。

而在诸多的荣誉里，最让都贵玛念念不忘的是二〇一九年获得的"人民楷模"国家荣誉称号。因为给她颁奖的人，可是习近平总书记啊！同年九月，都贵玛又被授予"最美奋斗者"称号。

二〇一九年九月十七日，国家主席习近平签署主席令，授予都贵玛"人民楷模"国家荣誉称号。都贵玛受到邀请，去人民大会堂参加颁奖典礼。

这可是都贵玛做梦也想不到的大好事啊,竟然在她身上真实地发生啦!

她为自己准备了最喜欢的蓝色蒙古袍、橙色头巾、橙色腰带。这套服装,她穿过好几次了。旗里打算给她做几套新的。她拒绝了,说:"我这套衣服还是好好的,又干净又舒服,不用为我多花冤枉钱。我都是八十来岁的人啦,要那么多新衣服干什么?"

陪都贵玛老人一同去北京的,是"国家的孩子"宝德、都贵玛的女儿查干朝鲁、四子王旗民委干部图格拉格。

颁奖前夜,都贵玛老人激动得根本不想睡觉。她在宾馆房间里来回踱步,反复抚摸着她的蒙古袍,不断询问图格拉格:"明天真的什么也不用带吗?"

"真的不用,您早点休息!"图格拉格笑着宽慰她。

"那我的党徽要戴吗?"都贵玛一九七四年就入党了,她是那么看重她的党徽。

"当然可以戴呀!您早点睡,不然,血压要升高了!"

在陪同人图格拉格的再三劝说下,都贵玛老人总算上了床。但不久,她又起来找女儿和宝德说话,说这一切简直像梦一样。

"额吉,不是梦!您用大爱养育了我们,您是草原额吉的代表,是当之无愧的人民楷模!我们这些'国家的孩子'感谢您,上海人民感谢您,全国人民感谢您!这一切,不是梦,而源于您的善良和无私付出啊!"宝德深情地为她的都贵玛额吉"解梦"。

"是啊,额吉!快点,安心去睡觉吧,明天还要去人民大会堂,去见习主席呢!"查干朝鲁也温柔地劝妈妈早点睡,可她自己却久久不能入睡,和宝德一样,这样的夜晚,谁的心能平静呢?

二〇一九年九月二十九日,北京人民大会堂,中华人民共和国国家勋章和国家荣誉称号颁授仪式即将举行。十点整,中共中央总书记、国家主席、中央军委主席习近平与国家勋章、国家荣誉称号获得者们一同步入会场,依次落座。

领奖前,都贵玛竟然紧张得满头大汗,她掏出手帕,一再地擦着额头和脸颊。

终于,轮到她了,人民大会堂里,掌声雷动。都贵玛深吸了一口气,从大会堂左侧缓缓上台。习近平总书记微笑着和她握手,微笑着为她颁奖,还微笑着叮嘱她要保重身体。在转身合影的时候,习近平总书记发现老人行动不便,又微笑着搀着她。

都贵玛激动得仿佛自己还是那个十九岁时就做了二十八个"国家的孩子"的小额吉。当她走下主席台时,宝德注意到,她的都贵玛额吉连脚步都变轻盈了。

"这是我一辈子最光荣的时刻!"回到自己的座位,都贵玛激动地跟宝德、查干朝鲁和图格拉格说道。

二○一九年十月一日,要和其他国家勋章、国家荣誉称号获得者一起去天安门广场观摩国庆阅兵仪式,都贵玛又庄重地穿上了她蓝色的蒙古袍,扎上了杏黄色的头巾,眼睛里流露出了少女似的渴望。

她没有忘记,她小时候的志向——到北京天安门看看国家额吉的模样。

那时，她快十岁，现在，她近八十岁。中间隔了长长的近七十年。这漫长岁月中，她辛勤放牧，成了杜尔伯特草原上著名的劳动能手；她自学医术，救了四十多个草原产妇的生命，成了草原姐妹的保护神；她把一颗心完全扑在"国家的孩子"身上，成了感动全国的草原母亲……无论做什么，她都是那么认真、那么执着，心里总装着别人，因为她知道，她是国家额吉养大的孩子，她想竭尽全力，为国家额吉多做一些事，多分一些忧，多出一份力。就这样，她一步一步努力往前走，终于实现了小时候的梦想，来到天安门广场。

她从那庄严、盛大的仪式中，看到了一个年轻而强大、美丽而富饶的国家额吉屹立在世界东方，正昂首阔步在世界民族之林，向着无限美好的明天走去。都贵玛，这个草原的女儿，这个普通的牧民，这个"国家的孩子"的善良额吉，自豪不已，心潮澎湃，胸中犹如万马奔腾……

观摩国庆阅兵式，按规定，孩子们没有陪她去，是她独自和其他国家勋章、国家荣誉称号获得者一起去的。等她回来的时候，孩子们发现，都贵玛额吉手里竟然紧紧攥着一个小包装袋。原来,她在车上吃了小点心,下车时没有找到扔包装袋的地方。因为舍不得弄脏天安门广场,她就一直用酸痛的手紧捏着那个包装袋,直至汗水把那袋子沤得变了形也没有扔掉,一直将它带回了宾馆。

　　都贵玛就是这样一个人,哪怕再苦再累,她也要守住她心目中神圣的一切!

给草原额吉的故事画幅画

走不完的草原，说不完的故事，山山水水倾诉着你的伟大。忘不了的恩情，离不开的亲人，那是我思念的阿妈。啊，草原母亲都贵玛，你让多少孤儿找到了家。草原额吉都贵玛，马头琴诉说着你的酸甜苦辣。

长不完的嫩草，开不完的鲜花，一草一木深情地把你牵挂。忘不了的骏马，离不开的故土，那是我永远的家。啊，草原母亲都贵玛，你把多少孤儿养育大，草原额吉都贵玛，蒙古包见证了你的苦乐年华！啊，草原母亲都贵玛，你把多少孤儿养育大，草原额吉都贵玛，蒙古包见证了你的苦乐年华！

在河南郑州某小区一间温馨的儿童房里，一个十来岁的清俊男孩，正在一边画画，一边唱歌——唱的是《草原额吉都贵玛》。歌声清澈悠远、深情甜美，犹如天籁。

这里可离内蒙古四子王旗的杜尔伯特草原有几千里路呢，这孩子，怎么把歌颂草原母亲都贵玛的歌曲唱得这般娴熟又深情呀？难道他跟都贵玛有什么关系吗？

对，你确实没有猜错。这个小男孩叫董鑫浩，是孙保卫的外孙，都贵玛是他的太姥姥呢！

国庆节要到了，小鑫浩学校里要举行绘画比赛。

"画什么好呢？老师说构思要新颖、巧妙。我画什么好呢？"

这天晚上，小鑫浩正在构思绘画比赛的题材，突然听见妈妈在电视机前喊他："小鑫，快来看你姥爷，他和你太姥姥都贵玛上新闻啦！"

小鑫浩跑过去一看，见姥爷正在电视里给大家介绍都贵玛太姥姥的感人事迹，忍不住兴奋地大叫起来："有啦，有啦，我知道国庆绘画比赛我要画什么啦！我就画都贵玛太姥姥和我姥爷的故事！"

"咦，这还真是一个好题材呀！"妈妈忍不住夸赞，又问，"小鑫，你清楚你都贵玛太姥姥的故事吧？需要我再给你讲一讲吗？"

"不需要，姥爷给我讲过好几遍啦！你和爸爸结婚，都贵玛太姥姥还亲自来参加你们的婚礼哪！"

"就是，就是，那天你都贵玛太姥姥穿了一件紫红色的蒙古袍，激动得脸色通红。"妈妈说着说着，不禁陷入了深深的回忆，"说真的，咱们都要好好感谢都贵玛太姥姥啊，没有她，就没有咱们的幸福生活，你姥爷那么小就成了孤儿，都贵玛太姥姥那时可心疼他，心疼得不得了啊！"

"是啊，听说我四岁时还见过她老人家的，对吗？"

"是啊，我一直在郑州工作，很少回内蒙古老家，即使回去，也是匆匆住几夜就回来了。也没有特意带你去拜访过都贵玛太姥姥，可那天，我们运气很好，竟在大街上遇见了你都贵玛太姥姥！她老人家见了你，那个高兴呀！跟我们说了好一串蒙古语，一定是表示欢喜和祝福吧！可惜我听不懂！不过，我还是从她的笑容里看到了她那颗慈爱的心。算起来，你是咱们家第四代小辈啦，她看见你，疼爱得不得了呢！"

"太姥姥太好啦，谢谢太姥姥，我这就去画画！"

说着，董鑫浩小朋友回到自己的房间里，拿出了画纸、画笔，一边把都贵玛太姥姥的故事画成一幅长长的连环画，一边深情地歌唱着《草原额吉都贵玛》……

第二天，董鑫浩把画交给了老师。

不久，远在内蒙古四子王旗的孙保卫就接到了外孙的报喜电话："姥爷，我的画在学校国庆绘画比赛中得了一等奖！我画的就是您和都贵玛太姥姥的故事！"

听着外孙的喜报，六十多岁的孙保卫，开心得像孩子。他开心，不仅仅是因为外孙的画得了奖，还因为外孙已把他草原额吉都贵玛的故事深深铭记在了心间。

草原母亲的大爱，如一束光，现在，已照耀到又一代"国家的孩子"的心上……

和孙保卫一样，扎拉嘎木吉、达来、斯日巴勒、巴图斯楞……这二十几个"国家的孩子"，现在自己都成了爷爷奶奶、外公外婆，可还是忘不了他们的第一个草原额吉都贵玛。他们会常常回家来看她，陪她唠唠嗑，和她一起翻翻以前的照片，还建了一个微信群，天天都在群里问候都贵玛额吉。

都贵玛的丈夫不幸早逝，只有女儿和外孙他们陪着她，可都贵玛额吉一点儿也不寂寞。因为她还有二十多个儿女，孙辈、曾孙辈就更多了。她有一个多么温暖的大家庭啊！

今年六十七岁的查干巴特尔与六十六岁的施仁巴乐，都是都贵玛抚养过的"国家的孩子"，后来他们相爱了，走到一起，结成了夫妻，如今孙辈都十几岁了。

一想起他们共同的额吉都贵玛，查干巴特尔就会情不自禁地说："谢谢我的草原妈妈，没有她，就没有我们的今天！"妻子施仁巴乐也常对儿子钢宝力达说："都贵玛，我们伟大的母亲！你的亲奶奶，你要常常去看看她！"

这不，这天，钢宝力达又带着孩子来看望都贵玛奶奶了。

都贵玛老人现在已经住进了乌兰花镇的居民楼，早就不放牧了。但孩子一来，还会缠着她讲过去带"国家的孩子"的故事和放牧的故事。

"太奶奶，我奶奶跟我说，那时，您为了送她的小伙伴去医院，半路上差点遇到狼群，被狼吃了，对吗？"孩子笑着向都贵玛询问。

"是啊，后来幸好马儿跑得快！我们成功摆脱了狼群的威胁！"都贵玛轻描淡写地说。

"危险吗？您当时害怕吗？"

"很危险！但我不害怕。不是真的不害怕，而是为了保护'国家的孩子'，我忘记了害怕！"

"太奶奶，您太了不起啦！我要给您点一百个赞！"

"你们小朋友才厉害，你们知道很多知识，还会用电脑、会上网，太奶奶已经赶不上你们年轻人的脚步喽！"都贵玛由衷地感叹。

"不，是我们要好好追赶您的脚步啊！"另一个孩子激动地回答，"太奶奶，我爷爷说，有年冬天咱们杜尔伯特草原上雪下得特别大,您在放牧时遭遇了暴风雪,但寸步不离地守护着集体的畜群,保护着集体的财产,结果,您差点被冻成一座'冰雕'。直到第二天,嘎查派出驼队来寻找您和畜群,发现了冻僵的您,将您抬回苏木卫生院医治,您这才捡回一条性命,对吗?太奶奶,您能给我们讲讲这个故事吗?"

"当然能啊!"都贵玛慈祥地说。

她人虽然老了,可记忆力还不错。她笑着抚摸着钢宝力达孩子的脑袋,开始回忆往事:

"那还是一九七七年的冬天,咱们杜尔伯特草原下起了罕见的大雪,狂风卷着雪花,像一堵墙迎面扑来。当时我们一家正准备把集体的牛群赶到冬营盘去,突如其来的暴风雪挡住了我们的去路。牛群在风雪中乱跑乱撞,几乎都不受我们的控制了。而雪越下越大,风也越吹越急。我知道,这些牛是无论如何赶不到冬营盘了,便和我的老伴儿一起,想尽办法把牛群赶到了一个避风的草堆里。为了不丢掉集体的畜群,我们寸步不离地守在原地,可怜我那十二岁的女儿,在风雪中冻得牙齿打战,瑟瑟发抖。到了晚上，草原上的气温降到了零下三十多摄氏度。大雪没过了我们的膝盖，我们用铲子铲，用手挖，花了将近三个小时才把蒙古包扎好。这时呀，我发现，干粮也快吃完了，怎么办？我只好把最后的几块饼留给了女儿。我们一家人拥抱在一起，守护着牛群，跟寒冷、饥饿和死神搏斗了一夜，直到第二天，驼队救援人员发现了我们，把我们送进了医院。那时啊，我们一家三口都已经冻僵了。幸好驼队救了我们！他们都说，我们一家的故事，和'草原英雄小姐妹'龙梅和玉荣在暴风雪中保护集体羊群的故事是一样的。今年五一长假，龙梅和玉荣还来看望我了！我们三人是第一次见面，却像老友一般投缘……"

听完都贵玛讲的这个故事，孩子感动得热泪盈眶，忍不住拍着手赞叹道："啊，太奶奶，您可真了不起！您是我内心最佩服的人！"

"那都是我应该做的，是国家额吉养育了我嘛！做人做事，总要讲良心和责任啊！"都贵玛用最朴素的语言，向孙辈、曾孙辈讲述着做人做事的道理。

听得孩子们越发对她肃然起敬了。

这个用自己的青春、汗水、心血无私抚养了二十八个"国家的孩子"的草原母亲，现在，又用自己的故事和爱，把草原人民最优良的品德，教给更小的草原主人翁、国家主人翁。

都贵玛，她的心胸像草原一样辽阔，她的爱意就像草原上的牧草一样茂密。她就是蒙古族人民的代表。草原额吉都贵玛，用自己的爱，为咱们中华民族的团结友爱、共同繁荣，书写了一个美好的传奇故事。而这个故事，必将代代相传。

你听，钢宝力达和他的孩子在辞别都贵玛老额吉，跨上骏马，驰向草原的时候，一齐在放声歌唱。

走不完的草原，说不完的故事，山山水水倾诉着你的伟大。忘不了的恩情，离不开的亲人，那是我思念的阿妈。啊，草原母亲都贵玛，你让多少孤儿找到了家。草原额吉都贵玛，马头琴诉说着你的酸甜苦辣。

长不完的嫩草，开不完的鲜花，一草一木深情地把你牵挂。忘不了的骏马，离不开的故土，那是我永远的家。啊，草原母亲都贵玛，你把多少孤儿养育大，草原额吉都贵玛，蒙古包见证了你的苦乐年华！啊，草原母亲都贵玛，你把多少孤儿养育大，草原额吉都贵玛，蒙古包见证了你的苦乐年华！

歌声久久飘荡在风中，就像爱的草籽，在大地上飞扬，在泥土里生根，在草原上发芽，在人世间开花，装点了咱们中华民族的大花园。